AF202790

Tucholsky  Wagner  Zola  Fonatne Sydow  Freud  Schlegel
Turgenev  Wallace

Twain  Walther von der Vogelweide  Fouqué  Friedrich II. von Preußen
Weber  Freiligrath  Frey

Fechner  Fichte  Weiße Rose  von Fallersleben  Kant  Ernst  Richthofen  Frommel

Fehrs  Engels  Fielding  Hölderlin
Faber  Flaubert  Eichendorff  Tacitus  Dumas

Feuerbach  Maximilian I. von Habsburg  Fock  Eliasberg  Zweig  Ebner Eschenbach
Ewald  Eliot  Vergil

Goethe  Elisabeth von Österreich  London

Mendelssohn  Balzac  Shakespeare  Dostojewski  Ganghofer
Trackl  Stevenson  Lichtenberg  Rathenau  Doyle  Gjellerup
Mommsen  Tolstoi  Hambruch
Thoma  Lenz  Hanrieder  Droste-Hülshoff
von Arnim
Dach  Verne  Hägele  Hauff  Humboldt
Karrillon  Reuter  Rousseau  Hagen  Hauptmann  Gautier
Garschin
Damaschke  Defoe  Hebbel  Baudelaire
Descartes

Wolfram von Eschenbach  Hegel  Kussmaul  Herder
Darwin  Dickens  Schopenhauer  Rilke  George
Bronner  Melville  Grimm Jerome  Bebel  Proust
Campe  Horváth  Aristoteles
Bismarck  Vigny  Barlach  Voltaire  Federer  Herodot
Gengenbach  Heine

Storm  Casanova  Tersteegen  Gilm  Grillparzer  Georgy
Chamberlain  Lessing  Langbein  Gryphius
Brentano  Lafontaine
Strachwitz  Claudius  Schiller  Kralik  Iffland  Sokrates
Katharina II. von Rußland  Bellamy  Schilling
Gerstäcker  Raabe  Gibbon  Tschechow

Löns  Hesse  Hoffmann  Gogol  Wilde  Vulpius
Luther  Heym  Hofmannsthal  Klee  Hölty  Morgenstern  Gleim
Roth  Heyse  Klopstock  Kleist  Goedicke
Luxemburg  La Roche  Puschkin  Homer  Mörike  Musil
Machiavelli  Horaz
Navarra  Aurel  Musset  Kierkegaard  Kraft  Kraus
Nestroy  Marie de France  Lamprecht  Kind  Kirchhoff  Hugo  Moltke

Nietzsche  Nansen  Laotse  Ipsen  Liebknecht
Marx  Lassalle  Gorki  Klett  Leibniz  Ringelnatz
von Ossietzky  May  vom Stein  Lawrence  Irving
Petalozzi  Knigge
Platon  Pückler  Michelangelo  Kafka
Sachs  Poe  Liebermann  Kock  Korolenko
de Sade  Praetorius  Mistral  Zetkin

Der Verlag tredition aus Hamburg veröffentlicht in der Reihe **TREDITION CLASSICS** Werke aus mehr als zwei Jahrtausenden. Diese waren zu einem Großteil vergriffen oder nur noch antiquarisch erhältlich.

Symbolfigur für **TREDITION CLASSICS** ist Johannes Gutenberg (1400 — 1468), der Erfinder des Buchdrucks mit Metalllettern und der Druckerpresse.

Mit der Buchreihe **TREDITION CLASSICS** verfolgt tredition das Ziel, tausende Klassiker der Weltliteratur verschiedener Sprachen wieder als gedruckte Bücher aufzulegen – und das weltweit!

Die Buchreihe dient zur Bewahrung der Literatur und Förderung der Kultur. Sie trägt so dazu bei, dass viele tausend Werke nicht in Vergessenheit geraten.

# Der Gelehrte

Ludwig Tieck

# Impressum

Autor: Ludwig Tieck
Umschlagkonzept: toepferschumann, Berlin

Verlag: tredition GmbH, Hamburg
ISBN: 978-3-8472-7088-1
Printed in Germany

# Einleitung des Herausgebers.

Auf den großartig entworfenen »Aufruhr in den Cevennen« ließ Tieck noch in demselben Jahre (1826) die ganz anders geartete, sehr ergötzliche, zuletzt aber stark ins Triviale fallende Erzählung »Glück gibt Verstand« und 1827 die Novellen »Der fünfzehnte November« und »Der Gelehrte« folgen, die beide zu seinen besten Leistungen gehören und sich durch eine bei ihm nicht oft so ungetrübte Innigkeit und heitere Wärme des Gefühls auszeichnen. Mag in dem vor Anfang März 1827 beendeten »Fünfzehnten November« trotz aller ergreifenden Schönheit unser nüchternes Zeitalter doch vielleicht an dem mystischen Grundgedanken Anstoß nehmen, so muß »Der Gelehrte« zu allen Zeiten ansprechen, so frei von jeder Bizarrerie und Tendenz, so gesund, menschlich wahr und künstlerisch fein erscheint diese kleine Dichtung, die zuerst in »Orphea, Taschenbuch für 1828«[1] gedruckt, mithin spätestens im Sommer 1827 geschrieben worden ist. Eine recht hübsche, wenn auch etwas plauderhaft breite Besprechung, in der die Vorzüge der Novelle warm gewürdigt sind, lieferte Franz Horn in der »Dresdner Morgenzeitung«, 1827, Nr. 185 f. Karoline Pichler schrieb den 21. Juni 1830 an Tieck: »Wenige Gedichte haben mich in so beschränkter Form, bei so einfachem Gange, mit so natürlichen Verhältnissen und Charakteren, wobei jeder glaubt, sie kennen und unter seinen Bekannten nachweisen zu müssen, so lebhaft und tief zugleich angesprochen. Mir ist, ich wäre zu Hause unter diesen Menschen, und gar so erfreulich und erhebend blickt durch die ängstliche, pedantische Hülle des Professors der höhere edle Geist durch, der in einer andern Entfaltung etwas recht Glänzendes und Großes hätte werden können.« Und Jakob Minor[2] nennt die Novelle »eine höchst anmutige und reizende Schilderung des Professorentums, welches erst durch die Heirat zum Genusse seiner Menschheit kommt«.

---

[1] 5. Jahrgang, Leipzig, bei Fleischer. – Wieder gedruckt in »Pantheon, eine Sammlung vorzüglicher Novellen und Erzählungen ic.« (5. Bd., Stuttgart 1829, bei Hoffmann), »Novellen« (3. Bd., Breslau 1835; wiederholt 1838) und »Novellen« (Berlin, 6 Bd.; »Schriften« 22. Bd., 1853).

[2] »Tieck als Novellendichter« in den »Akademischen Blättern« 1884, S. 194

Der liebenswürdige, hier durchaus harmlose Humor des Dichters spielt in mannigfachen Lichtern, wie denn z. B. das von gewöhnlicher Spaßhaftigkeit ganz freie Gespräch, in dem Werner der Haushälterin den Heiratsantrag macht, im feinsten Lustspiel mit Ehre bestehen könnte. Noch höher aber steht die Kunst der Seelenmalerei, die sich auf so engem Räume so reich entfaltet und deren sich weder Theodor Storm noch Gottfried Keller zu schämen brauchten. Hat der Dichter dem Professur manches von seinem persönlichen Wesen, seinen Liebhabereien und Eigenheiten, wie die Leidenschaft für Bücher, den Abscheu vor Straßenlärm, den Trieb zum Wohlthun, die Nichtachtung des Geldes geliehen, so hatte er für die liebliche Gestalt der Helena zwei Modelle in seiner nächsten Umgebung, dem zweifellos haben ihm bei dieser reizenden Schöpfung seine herrlichen Töchter, besonders aber die vortreffliche Dorothea mit ihren gelehrten Neigungen und ihrem einfach häuslichen, fromm bescheidenen, weiblich seelenvollen Wesen vorgeschwebt.

Ging auch das große Publikum an der unscheinbaren Unmut dieses kleinen Meisterwerkes achtlos vorüber und verstand selbst nur ein geringer Bruchteil der zünftigen Kritik dasselbe zu würdigen, so ist doch die Einwirkung der Novelle auf jüngere Dichter groß gewesen und namentlich die Charakterzeichnung der Hauptperson geradezu typisch geworden. Es wird wohl keinem Leser zweifelhaft bleiben, daß wir hier das Urbild zu Freytags Felix Werner in der »Verlorenen Handschrift« haben, wie denn auch sein Bedienter Gabriel auf Tiecks Werner – der Name des Dieners ist bei Freytag auf den Herrn übertragen worden – zurückgeht. Selbst Einzelheiten in dem Roman erinnern an unsre Novelle, wie z. B. das Schicksalsrolle der niemals an den Tag kommenden, spukhaften Tacitushandschrift deutlich auf den magischen verlorenen Quintilianszettel hinweist, und auch zu dem Atemschöpfen des Professors unter dem Nußbaum, der allerliebsten Entscheidungsszene in der Küche und manchem andern ließe sich poetisch Nachempfundenes bei Freytag nachweisen, was natürlich keinen Vorwurf gegen diesen selbständigen und vornehmen Dichter in sich schließt.

# Der Gelehrte.

In dem sonst stillen Hause, das hinter der Kirche lag, war heute mehr als sonst Geräusch und in den untern Zimmern ein lebhaftes Hin- und Widerlaufen. Man rüstete sich zu einer Abfahrt über Land, welche Mutter, Töchter und den Vater gleich sehr interessierte. Die älteste Tochter, Antoinette, ein schönes, blondes Mädchen, war am eifrigsten, sie schalt die Magd und den Diener, weil ihr an ihrem Putze nichts recht war, denn draußen sollte zugleich ein Ball das Fest krönen, zu welchem junge Offiziere ans der Gegend sowie sehr ansehnliche und schöne Forstbedienten eingeladen waren. Die Mutter fand alles, was geschah, sehr vernünftig und vermehrte diese Unruhe, indem sie suchte, umherschickte, verbesserte und am Ende alles nur verwirrte. Der Tumult erreichte den höchsten Grad, als nun der elegante Wagen schon vorfuhr. Die zweite Tochter, Jenny, sprang jetzt ziemlich zornig auf und meinte, sie würde über die ältere etwas zu ausfallend vernachlässigt, und ziemlich unsanft fuhr sie auf ein schlankes und zartes Mädchen los, das bis jetzt schweigend, sanft und demütig allen hülfreich gewesen war. »Die Helena ist doch allzu saumselig!« rief sie jetzt hastig aus; »um nur der vorzüglichen Antoinette alles recht zu machen, muß ich versäumt werden.«

»Du versäumt?« antwortete Antoinette; »hat denn Helena nicht die ganze Nacht für dich gearbeitet, und mein Spitzenkragen ist gestern Abend nur so nachlässig hingepfuscht worden.«

»Nein, nein!« zankte ihr die Schwester entgegen, »für das älteste liebe Kindchen muß alles aufs beste eingerichtet und besorgt werden. Die Helena kann ja für mich kaum ein Stündchen finden, weil die Prinzeß ihre Zeit immerdar in Anspruch nimmt.«

Der Rat trat im völligen Anzuge herein. »Der Wagen wartet!« rief er, »und hier seid ihr ja noch nicht fertig.«

»Mir ist es nur ängstlich«, erwiderte die Mutter, »daß wir so alle ausfliegen, das Haus steht nun bis heute nacht, wohl bis morgen früh ganz verödet, unser Mietmann, der Professor, ist auch verreist, und der Magd und Köchin traue ich zu, daß sie davonlaufen, sowie wir den Rücken gewendet haben.«

»Der grämliche Narr da oben«, sagte Antoinette, »hätte wohl zu Hause bleiben können. Ich glaube, es ist ihm seit zehn Jahren nicht eingefallen, nur einen Fuß vor das Thor hinaus zu setzen, und nun plötzlich und gerade jetzt eine Reise von acht Tagend!«

»Er sommert sich aus«, antwortete Jenny; »ich glaube, sie haben sich ihn in der Residenz verschrieben, weil doch gerade eine Menagerie gezeigt wird. Dies Exemplar macht die Sammlung erst vollständig.«

»Still! still!« sagte der Rat lachend. »Du bist ein witziger kleiner Teufel, aber von reichen Leuten muß man niemals so despektierlich reden. Wenn er nun um dich anhielte, und er dein Gemahl würde!«

»Hm! dann möchte sich's finden«, meinte Jenny; aber Antoinette behauptete, daß sie ihn auf keinen Fall nehmen würde.

»Da steht Helena wieder«, rief die Mutter, »und hört dem Diskurse mit Andacht zu, statt euch die Hüte festzustecken. Hätten wir nur daran gedacht, die Muhme aus der Vorstadt zu bitten, herzukommen und das Haus zu bewachen.«

Das stille, freundliche Mädchen, welches allen so duldsam und demütig half, und in welcher kein Fremder die jüngste Schwester und leibliche Tochter der Eltern würde erkannt haben, sagte jetzt mit einer silbernen, schönen Stimme: »Ich bleibe recht gern zu Hause und habe mich auch schon darauf eingerichtet.«

»Du bist ein gutes Kind«, sagte die Mutter plötzlich viel freundlicher; »du hilfst uns immer aus der Not. Seht einmal, Mädchen, darum ist auch die Helena in ihrem einfachen Anzuge geblieben. Du bist ein verständiges Wesen, denn freilich hast du auch nicht so viel Putz als deine Schwestern, weil du dergleichen nicht liebst.«

So war denn endlich alles fertig, man stieg ein, die heitersten Gesichter saßen im Wagen, denn sie hatten eine gute Mittagstafel in der Aussicht vor sich, eine schöne Gegend, warmen, heiteren Sommertag, am Abende Ball, Schwärmen die Nacht hindurch, artige junge Herren, die verliebt waren oder sich schmeichelnd so stellten, und die arme, gering geschätzte Helena blieb zurück, vergnügter vielleicht als alle, da sie die Ruhe und Einsamkeit liebte, obgleich sie von allen bemitleidet wurde, sogar vom galanten[3] Bedienten des Hauses, der auch mit Geringschätzung auf sie vom hohen Kutschenbocke herniedersah, indem er ebenfalls, seiner Liebenswürdigkeit sich bewußt, von seinen Siegen träumte.

Als der Wagen um die Ecke gebogen und verschwunden war, gab Helena den weiblichen Dienstboten auch Erlaubnis, bis zum Abende auszugehen, verschloß selbst die Hausthür und verwahrte den Schlüssel in ihrem Zimmer. Dann ging sie zu ihrer kleinen Büchersammlung und fühlte sich so recht von Herzen froh und behaglich, daß sie nun endlich einmal so ganz in ihrem Sinne ausruhen konnte, indem sie den Geist in erträumten Regionen umherschweifen ließ, welche ein edler und verständiger Autor ihr aufgeschlossen hatte. Sie war so dankbar, daß der Himmel ihr diesen reinen Genuß schenkte, daß sie, als die Kirche gegenüber nun den sonntäglichen Gottesdienst ausläutete, recht innig betete und dem Himmel dankte, der sich so vorsorglich für sie bewies.

Dann ging sie in die Küche, sah nach ihrem kleinen Mittagsmahle und ordnete das Feuer um die beiden Töpfchen. Dann deckte sie in ihrer Stube den Tisch, richtete alles sauber ein, trug sich auf und aß, nachdem sie still und andächtig gebetet hatte, mit vielem Appetite. Auch das war ihre Freude, daß sie in der Einsamkeit beten konnte, welches an dem Tische ihrer Eltern, die in allen Dingen vornehm sein wollten, niemals geschah. Sie las wieder beim Essen, legte dann das Buch aus der Hand, sann über das Gelesene und überdachte ihren Lebenslauf, und wie und warum sie sich denn so überaus glücklich fühle. Sie wußte nicht, daß alle Nachbarn und Bekannte des Hauses ihr Schicksal bedauerten, weil sie so sichtlich von Eltern und Schwestern zurückgesetzt und vernachlässigt wurde; sie aber beklagte die Schwestern, daß diese nicht der Freude an guten Büchern fähig waren, daß sie so vieles Putzes, so vieler Zerstreuung bedurften und diese Ruhe und Einsamkeit, welche ihr als das höchste Glück des Lebens erschienen, wie die ärgsten Feinde oder wie das größte Unglück vermieden. Recht liebend dankbar war sie der Mutter, daß sie von dieser nicht ebenfalls gezwungen wurde, sich nach der Mode zu tragen und Gesellschaft zu besuchen. Auch

---

[3] In der früher gewöhnlichen Bedeutung: geputzt, elegant.

zog sie sich, wenn sie es durfte, selbst von der zurück, die oft zahlreich genug zu ihren Eltern kam.

Jetzt aber, nach dem Mittagessen, kam noch die größte Freude für Helena, auf die sie seit Jahren schon vergeblich gehofft hatte, nämlich die Zimmer und Einrichtung ihres Mietmannes, des reichen Professors oben, so recht genau zu betrachten, seine Bibliothek zu sehen und wohl gar ein Manuskript von ihm in die Hand zu nehmen. Da er fast nie aus dem Hause ging, die wenigen Stunden abgerechnet, die er als Direktor des Gymnasii auf der Schule zubrachte, und da sie alsdann ihre Familie und das Hauswesen nicht verlassen durfte, so war es ihr nur durch einen so seltenen, nie wiederkehrenden Fall seiner Ausreise möglich, heute ihrer Neugier endlich Genüge zu thun. Der Professor wohnte schon seit fünfzehn Jahren und wohl länger im Hause, denn sie kannte ihn seit ihrer frühesten Kindheit, er hatte noch niemals eine Reise unternommen, er kam in wenigen Tagen zurück, und der Wunsch, den Helena so lange genährt hatte, wäre auch trotz der Begebenheit, die im Leben des Professors fast für ein Märchen gelten konnte, wieder nicht in Erfüllung gegangen, wenn nicht der plötzliche Schmaus und Ball und die unvermutete Einladung der Familie ihr die Möglichkeit gegeben hätte. Darum saß sie gern einige Nächte und arbeitete für die Mutter und Schwestern, und diese brauchten ihr keinen Dank zu sagen, denn es wäre für das sonderbare Mädchen eine Strafe gewesen, wenn sie jene hätte begleiten müssen. Und wie andere sich wohl eine halbe Lebenszeit auf eine Reise nach der Schweiz oder Italien freuen, mit der Andacht, mit der zu solchem aufgesparten Genusse das Mädchen in den Wagen von der Hausschwelle treten mag, mit einer solchen ging sie jetzt die nie betretene Treppe zur Wohnung des Professors hinauf.

Es gehörte zu den Eigenheiten des sonderbaren Mannes, daß, ob er gleich einsam nur mit einem alten Diener und einer bejahrten Schließerin lebte, er dennoch alle Zimmer des großen obern Stockwerkes bewohnte, ja auch den Boden über ihm dem Hausherrn für einen bedeutenden Zins abgemietet hatte, um nur recht ruhig und ungestört sein zu können; denn es war eigen ausbedungen worden, auch die Treppe, da ohnehin nur die ihn Besuchenden sie zu betreten brauchten, in Ruhe zu lassen und fast wie sein Zimmer anzusehn. So mußte sich denn der Rat mit seiner Familie unten behelfen, wo er zwar in seinem großen Hause Raum genug hatte, indessen doch zuweilen die Bodenkammern vermißte, die der Professor eigentlich nicht benutzen konnte; indessen, da dieser der friedfertigste Mietmann war, der nie etwas begehrte, nie auch nur die kleinste Auslage veranlaßte, prompt war, ja zuweilen wohl den Hauszins im voraus zahlte, so ließ man ihn gewähren, und alle hatten eine scheue Ehrfurcht vor ihm, denn er sprach niemanden, man sah ihn nicht, wenn man ihm nicht zufällig in der Hausthür begegnete, so daß er für die jungen mutwilligen Töchter fast etwas Gespenstisches hatte.

Diese selten betretenen, braun angemalten und blank gebohnten Treppen stieg jetzt Helena wie mit einer frommen Scheu hinan, sie zog die Klingel, und der Ton schallte in dem großen, ganz einsamen Hause sonderbar nach. Man hörte die Fliege in der Luft summen, und ganz leise sockte jetzt der Fußtritt der Haushälterin herbei.[4] Scheu und langsam öffnete sie die Thür, machte sie nur halb auf, sagte, so leise auch Helena schlich: »Still! st! st!« als wenn der Herr drinnen schliefe und erwachen könnte, und vorsichtiger wie das Liebchen zum Geliebten schlüpfte Helena mit pochendem Herzen in den leeren, geräumigen Vorsaal. Noch waren sie nicht im Heiligtume, aber mit noch größerer Vorsicht erschloß die alte Gertrud, deren Gesichtsfarbe, da sie nie an die Luft kam, weiß und zart war, die große braune Thür, und jetzt standen beide in der Bibliothek. Diese war in dem großen Saale und drei anstoßenden Zimmern, nach welchen erst die eigentliche Wohn- und Arbeitsstube des Gelehrten folgte. Alle Fenster waren doppelt, um das Geräusch von der Gasse so viel als möglich abzuhalten, schwere, seidene Vorhänge, die zurückgeschlagen werden konnten, verschatteten sie noch mehr; in den übrigen Zimmern, die keine Bücher enthielten, waren gute holländische und niederländische Gemälde an den Wänden, und das Schlafzimmer ging in den Hof, um in der Nacht noch ungestörter zu sein.

Helena war über alles entzückt. Das Leben eines Gelehrten in einer Stille und Einsamkeit wie in einem Kloster, unter so vielen Büchern, selber Bücher schreibend und dem Drucke übergebend, mit niemand sprechend, von niemand gestört, immer nur mit geistigen

---

[4] Sie schlich auf Socken herbei.

und hohen Sachen beschäftigt, dachte sie sich als den herrlichsten Beruf, zu welchem ein Sterblicher nur je gelangen könne. »O, wie glücklich muß hier der Professor sein!«sagte sie lispelnd zu Gertrud,»wie im Paradiese,«

»Paradiese?« wiederholte jene lächelnd;»das ist ja doch ein freier und frischer Garten gewesen.«

»Jeder kann seinen Begriff von Seligkeit so benamen«, sagte Helena.»Aber wo stehen denn die Bücher, liebe Gertrud, die er selber hat drucken lassen?«

»Hier, Lenchen«, sagte Gertrud,»diese ganze Reihe ist es; es sind Ausgaben von alten Autoren oder Klassikern, wie er sie nennt.« Das Mädchen nahm eins der lateinischen Bücher vom Fache herunter und blätterte hin und her.»Wie muß nur einem zu Mute sein«, fing sie wieder an,»der diese alten Sprachen so vom Blatte weg lesen kann, der nun selbst Latein schreibt und ein solches Buch drucken läßt. Mehr wie einmal habe ich fremde Reisende bei uns sagen hören, der Mann sei außerordentlich gelehrt.«

»Er muß es wohl sein«, antwortete Gertrud,»denn er thut gar nichts anderes als lesen und schreiben, vom frühen Morgen bis tief in die Nacht. Ich glaube nur, er zieht sich auch die Bücher allzusehr zu Gemüte,«

»Wie so?«

»Ich meine, weil er doch so blaß ist, immerfort so nachdenklich und manchmal recht traurig, gleichsam melancholisch. Wer weiß, was er sich aus alle dem heidnischen Zeuge noch in den Kopf setzt, denn so ein Klassiker, mein liebes Kind, ist eben nichts anderes als ein Heide. In die Kirche geht er auch gar nicht, er sagt, er könne die Orgel nicht vertragen. Man hört sie hier so schön von dem Tempel herüber, als wenn man selbst darin wäre, aber die ganze Zeit, wann sie so herrlich gespielt wird, ist er erzverdrüßlich. Ja, Lenchen, ich bin manchmal schon nachdenklich und traurig darüber geworden, denn ich bin dem lieben Herrn doch gar zu gut.«

»Nicht wahr«, sagte Helena,»er ist ein herrlicher, edler Mann?«

»Nur zu sehr«, war die Antwort;»er liebt alle Welt, bloß die Kupferschmiede und Tamboure kann er nicht leiden, auch die Janitscharenmusik nicht, die er eine Erfindung des leibhaftigen Satanas nennt. Wenn die Leute zusammenrennen, wenn die Wachtparade mit der frischen und freien Janitscharenmusik vorbeizieht, so stampft er manchmal mit beiden Beinen, und einmal habe ich ihn sogar fluchen hören. Er sagt, nur der abscheulichste Pöbel könne daran Gefallen finden, und wer so danach laufe, und Ohr und Seele würde ihm nicht davon zerrissen, der sei auch eines Mordes fähig. Er spricht sonst niemals so viel mit uns, aber über den Gegenstand ging es ihm einmal recht von Herzen. Er hatte sonst in der Stadt hier ein eignes schönes Haus, das hat er unter dem Preise verkauft, weil ein Kupferschmied in die Nähe zog und der Magistrat ihn gegen diesen nicht schützen konnte und wollte. Die Tanzmusik verabscheut er auch.«

Helena musterte alles ganz genau, sie ging mit der redseligen Frau in die andern Stuben.»Welche Menge von Büchern«, rief sie wie entzückt aus.»Aber gut ist der Professor doch auch, wie Sie vorher sagten? Nicht wahr?«

»Gewiß«, fuhr Gertrud fort,»er sieht in allem nach, wenn nur kein Lärm, keine Unruhe gemacht wird. Keiner darf hastig die Thür aufreißen oder zuschlagen, stolpern, rennen, alles muß im Takte sein, wie er sich ausdrückt. Habe ich oder der alte Werner etwas zu bestellen, so müssen wir leise und langsam kommen, es ruhig vortragen und uns so wenig wie möglich hören lassen. Aber so mildthätig und barmherzig gegen die Armut ist er, daß es nicht zu sagen ist. Er traut uns, und da bringen wir doch auch keine Vorbitte vergeblich an, nein, er gibt immer reichlicher, als man es jemals erwarten darf. Viele Familien erhalten monatlich und vierteljährlich ansehnliche Summen von ihm, und für sich selbst, wenn ich die Bücher abrechne, braucht er nur wenig. Darum läßt er auch, um keine Unruhe im Hause zu haben, täglich sein Essen holen, und für uns ebenfalls.«

Sie waren jetzt im Studierzimmer, welches Helena noch mehr als die übrigen Stuben für ein Heiligtum ansah.

»Man nennt uns nur«, sagte Gertrud, indem sie sich zur jungen Freundin niedersetzte,»Quäker und Herrenhuter, weil wir so still sind. Aber lassen Sie ja alles liegen, jedes Blättchen und jedes aufgeschlagene Buch, damit er alles ganz genau so wiederfindet, wie er es verlassen hat.«

»Ich rühre nichts an«, sagte Helena. »Das ist also seine Handschrift? Wie klar und rein, wie rund und eben. Was ist in dem Korbe?«

»Alte Briefe, Kouverte, unnütze Papiere und Konzepte, die er nicht mehr braucht, wenn er sie abgeschrieben hat.«

Helena kramte unter diesen unnützen Papieren, bis sie ein Blatt von der Hand des Gelehrten entdeckte. »Dies will ich mir«, sagte sie, »als ein Andenken dieses schönen Tages aufheben.« Sie steckte es in den Busen. »Hat er niemals«, sagte sie dann, »auch in jüngern Tagen nicht, heiraten wollen?«

»Nein«, sagte die Alte; »er ist schon so menschenscheu, und vor Frauenzimmern fürchtet er sich noch weit mehr. Die Unruhe der meisten, das Geräusch, das sie lieben, die Flatterhaftigkeit, das Schelten mit den Dienstboten würde ihn auch ganz elend machen. Es ist so besser. Und jetzt ist er zu alt. Es würde ihn nun keine mehr mögen,«

»Ein solches Mädchen«, antwortete Helena, »müßte doch nur zu den Armseligen gehören. Sein Geist, sein edler Anstand, seine große Gelehrsamkeit, sein schönes, blasses Gesicht, der Ausdruck in diesem von mildem Kummer und sanfter Freude, seine Wohlthätigkeit und Liebe zu den Armen, diese schöne, weiße, feine Hand –«

»Kind«, sagte die Ausgeberin verwundert, »wo haben Sie denn das alles beobachten können?«

»Wenn er von der Schule wiederkommt«, sagte Helena und brach kurz ab. Sie musterten hierauf noch die Gemälde in den andern Zimmern, bewunderten die Tapeten, die sein gezimmerten Schränke, die vielfache seine Wäsche, das Tischzeug, das Silber und alles, was nur in der größten Haushaltung hätte nützen und glänzen können und das hier bei diesem ältlichen Hagestolz ungebraucht und unbemerkt dalag.

Als es finster wurde, ging Helena, wie berauscht und von allen Genüssen ermüdet, wieder in ihr Stübchen zurück. Beim Scheine der Lampe las sie wieder, aber statt der murmelnden Bäche und rauschenden Haine, statt der klaren Aussicht über Fluß und Berg, die ihre Dichter ihr schildern wollten, sah sie nur immer wieder die stillen, dunkeln Zimmer, die schöngebohnten Schränke, die Tausende der gelehrten Bücher, und alles, was sie denken wollte, mußte jedesmal diesen Bildern weichen. Auch das halb geraubte Papier betrachtete sie. Von sonderbaren Phantasten und halb bewußten Wünschen lieblich umgaukelt, schlummerte sie nach Mitternacht ein und ward durch den ankommenden Wagen und ihre Schwestern aus einer interessanten Unterredung geweckt, die sie soeben mit dem gelehrten Professor angefangen hatte.

Nach einigen Tagen kam auch der Professor zurück. Ein Jugendfreund, sein einziger Vertrauter, und den er viel sah, der Doktor, welcher die Reise mit ihm gemacht hatte, stieg mit ihm aus dem Wagen und geleitete ihn auf sein Zimmer. Mit stiller Freude begrüßte ihn die Haushälterin.

Als der alte Diener abgepackt hatte, als die nicht gestörte Ordnung wieder hergestellt war, warf sich der Professor, der bisher durch seine Zimmer gewandert und sich umgesehen hatte, in seinen Arbeitsstuhl und sagte:»Nun ist mir endlich wieder wohl. Nein, Freund Doktor, was du für meine Gesundheit zuträglich hältst, ist es am allerwenigsten, denn nichts kann mich im Gegenteile so unglücklich machen als eine Reise. Mir ist dann ganz so zu Mute, als wenn man sich in einem fatalen großen Buche verblättert hat und die Stelle durchaus nicht finden kann, die man sucht und bedarf. Nun habe ich mich endlich wieder zurecht gefunden, und die Gedanken fügen sich in ihre rechte Lage wieder, die bisher alle auf dem Kopfe standen.«

»Es thut mir leid«, erwiderte der Freund,»daß das, was ich für heilsam hielt, so wenig seinen Zweck erreicht hat.«

»Diese Zimmer, diese Ruhe und Abgeschlossenheit«, fuhr der Gelehrte fort,»sind mir heilsam. Im Gegenteile, das unbestimmte Freie des Feldes, die weite Luft, das unruhige Wesen in der Natur ängstigt mich und nimmt mir allen Mut. Ich verstehe die übrigen Menschen, wenigstens die Gelehrten, nicht. Von Lessing erzählt man, daß ihn die Natur gleichgültig ließ, daß er sie nicht beachtete, und eine schöne und unbedeutende Gegend ungefähr dieselben Eindrücke auf ihn machten;[5] aber mit mir ist es ein ganz anderer Fall. Diese Felsen, das Wasser, die weiten Aussichten über Flur und Wald machen mir, möchte ich doch beinahe sagen, einen fürchterlichen Eindruck, wenigstens so widerwärtig und beklemmend, daß ich vor diesen großen Gegenständen, deren Sprache ich nicht verstehe, mich ganz verliere.

Alles, was ich bin, was ich will, alle meine Plane und Wünsche scheinen mir dort so nichtig und unersprießlich, daß mir fast so zu Mute wird, wie einem kleinen Kinde sein muß, dem sich auf offener fremder Straße die Wärterin im Gedränge versteckt[6] und wenn mir auch das Weinen nicht ganz so nahe ist wie solchem schwachen, unmündigen Wesen, so entfallt mir wenigstens aller Mut, und die trostloseste Einsamkeit erschüttert und beängstigt mich so, daß mir die ganze Welt nur wie eine Irrenanstalt oder alles Geschaffene wie Gespenst oder Narrenteidung[7] entgegentritt.«

»Daß du deine Hypochondrie immer mehr ausbildest«, erwiderte der Freund, »habe ich schon lange voraus gewußt und dir auch gesagt; aber was ist zu machen? Dem ist nicht zu helfen, der keinen Rat annimmt.«

»Und was sollte ich denn thun, Doktor?« fragte der Gelehrte.

»Bewegung, weniger Fleiß«, erwiderte jener, »nicht immer in der Stube unter Büchern sein, gerade die dir verhaßte Natur genießen, frische Luft –«

»Kommt mir nur nicht«, rief der Professor im höchsten Verdrusse aus, »mit diesem eurem Märchen von frischer Luft, das wahrhaftig zum Volksmärchen geworden ist. An dieser frischen Luft, von der unsere Vorfahren nichts wußten, sterben alle jetzigen Gelehrten, die sich Erkältung, Schnupfen und endlich den Tod aus ihr holen, wenn sie einige Jahre ihr Sklave gewesen sind und täglich zwei oder drei Stunden bei allem Wetter, in Schnee und Regen, ihren Körper regelmäßig herumgeführt haben, wie in den Narrenhäusern die Un-

---

[5] »Wirklich gewährt mir, was man schöne Gegend nennt, nicht den Genuß, den mir andre rühmen.« Lessing an Jacobi. Vgl. Erich Schmidt, »Lessing«, Bd. 1, S. 14 f.

[6] Erinnerung an ein Erlebnis der frühesten Kindheit Tiecks. Vgl. Köpke, Bd. 1, S. 10 f.

[7] Narrenteiding, -tageding, eigentlich Narrenversammlung, dann s v. w. Narrenspossen.

klugen wohl zu bestimmten Stunden, oder in den alten Fürstenschulen[8] die Zöglinge nach der Uhr spazieren getrieben werden. Dergleichen auch nur zu denken, ist schon mein höchster Abscheu.«

»So geh in Gesellschaft«, antwortete der Doktor, jetzt auch verstimmt,»höre Musik, besuche das Theater, so oft es in unserer Stadt ist, erheitere dich durch Wein und in Abendzirkeln, suche deine veraltete Tanzkunst wieder hervor –«

Der Gelehrte stand auf, stellte sich vor den Freund in einer fast drohenden Stellung hin, betrachtete ihn lange mit weit geöffneten Augen und sagte kein Wort, denn er konnte für die Verachtung, die er hätte aussprechen müssen, keine Wendung und keinen Ausdruck finden. Der Doktor, der mit seiner Art und Weise bekannt war, brach schnell ab, indem er ihm freundlich die Hand drückte. Der Gelehrte kehrte sich hieraus schnell um und setzte sich an seinen Arbeitstisch, indem er die gut geordneten Papiere anders ordnete und emsig etwas Verlorenes zu suchen schien. Als er es nicht fand, ging er einige Male auf und ab, und, als wenn ihm eine plötzliche Erleuchtung käme, nahm er den Korb, leerte ihn aus und suchte von neuem, aber ebenso vergeblich, denn auch unter diesen weggeworfenen Briefen fand sich das Blatt nicht. Er klingelte heftig, indem seine Hand zitterte. Die Haushälterin trat herein mit furchtsamer Miene, weil es eine ungewöhnliche Stunde war.»Habt Ihr mir«, rief ihr der Proffessor zu,»ein Blatt weggenommen, Oktav, nur auf einer Seite beschrieben, oben drei Worte durchgestrichen?« Gertrud erschrak, und ihr bleiches Gesicht wurde rot,»Nein, mein bester Herr Professor«, erwiderte sie ziemlich verlegen,»Sie wissen ja, daß ich nie ein Blättchen anrühre, da ich schon weiß, wie wichtig Ihnen auch das allerkleinste ist.«

»Und ist auch niemand anders, vielleicht gar in meiner Abwesenheit, hier auf dem Zimmer gewesen?«

Die Haushälterin trat wie entsetzt einen Schritt zurück.»Wie?« rief sie fast weinend,»solche entsetzliche Missethat halten Sie auch nur für möglich? Da verdiente ich ja nicht –«

---

[8] Die vom sächsischen Kurfürsten Moritz 1543 zu Pforta und Meißen sowie 1550 zu Grimma gegründeten Lehr- und Erziehungsanstalten.

»Schon gut!« rief der Verstimmte,»auch im Korbe nicht, – nirgend –«

»Den«, sagte Gertrud,»werde ich wohl schon einmal ausgeleert haben – und –«

Der Professor winkte, und die Alte entfernte sich, froh, so wohlfeilen Kaufes losgekommen zu sein.

»Liegt dir so viel an dem Blatte?« fing der Freund wieder an;»hast du den Inhalt, der dir wichtig war, wohl ganz vergessen?«

»Es ist nicht das«, antwortete unmutig seufzend der Gelehrte,»es verdrießt mich nur, daß man meine Ordnung stört, oder daß ich anfange, zerstreut zu werden. Es ist übrigens nichts als eine Emendation einer Stelle des Ouintilian[9] und meine Bemerkung dazu, um meine Konjektur zu rechtfertigen; ich weiß die Anmerkung noch Wort für Wort und habe selbst unterwegs viel über meine Argumente nachgedacht.«

Er setzte sich nieder, um die Notiz von neuem aufzuschreiben,»Nun ist alles wieder in der alten Ordnung«, sagte er, indem er aufstand und heiterer schien.»Aber freilich –«

»Was du mir«, warf der Doktor ein,»von dem jungen Herrn Adrian erzählt hast, wird dir immer noch einigen Verdruß machen. Es hält schwer, dergleichen Gesellen wieder los zu werden.«

»Doch, doch«, antwortete der Freund wie zerstreut,»indessen sollte mich das nicht sonderlich kümmern, wenn ich nur nicht durch diese Reise einen alten, bewährten Freund verloren hätte, den ich jetzt wenigstens nicht mehr achten kann; und was ist doch ohne Achtung Freundschaft und Liebe?«

»Wen meinst du?« Der Doktor fragte um so gespannter, weil sich die Miene seines gelehrten Freundes wieder von neuem sehr auffallend verfinstert hatte.

Der Gelehrte stand auf und ging unwillig im Zimmer auf und ab. »Der Professor dort in der Residenz, der berühmte Philologe«, rief

---

[9] Marcus Fabius Quintilianus (geb. ca. 35 n. Chr.), berühmter römischer Prosaiker, ausgezeichneter Lehrer der Beredsamkeit, Verfasser der» Institutio oratorica«(»Lehrbuch der Redekunst«) in 12 Büchern.

er aus,»du kennst ihn ja ebenfalls und bist sein Bewunderer: dieser hat mir den tödlichsten Schmerz, einen so schweren Kummer verursacht, daß ich mich lange nicht von diesen Leiden erholen werde.«

»Ihr waret sonst«, sagte der Doktor bescheiden,»in allen euern Ansichten so einig –«

»Das ist nun vorbei!« rief der Professor;»ich mit ihm einig? Ebenso gern mit jedem Stümper und Verwirrer, der in der Wissenschaft nicht A von B unterscheiden kann. Am Abend vor meiner Abreise bin ich noch bei ihm, in seiner Familie, wie sie es immer nennen. Freilich waren denn auch die Kinder dabei und tummelten sich mit der Frau und einigen Gevatterinnen zwischen den Fremden umher, so daß auch kein verständiges Wort gesprochen werden konnte. Bei Tische waren wir noch ziemlich fröhlich gewesen, und er hatte Gelegenheit gefunden, mir manches über Martial[10] zu sagen, das mir noch neu war. Nun fing aber das wilde Getümmel an, und der alte Gelehrte schämte sich nicht, vor aller Welt mit seinen unmündigen Kindern zu spielen.

Das war ein Geschrei, ein Jagen und Lachen, ein Schaukeln und Reitenlassen der Jungen, ein Haschen mit den wilden Mädchen, so daß ich, der ich dergleichen noch nie gesehen und es nicht für möglich gehalten hatte, glaubte, der Schlag müsse mich rühren. Die Scham, die in der ganzen weit verbreiteten Gelehrsamkeit glühen sollte, brannte auf meinen Wangen. Endlich kam die Frau und machte dem Unwesen ein Ende. ›Schämt euch doch‹, rief sie, ›ihr macht mir ja den Vater ganz wild und kindisch, er hat mehr zu thun, ernsthafte Geschäfte; aus dem Wege, ihr läppisches, tolles Gesindel!‹ So ward es ruhig, und so schüchtern und verlegen ich sonst bin, so hätte ich doch der Frau um den Hals fallen mögen, so liebenswürdig kam sie mir in diesem Augenblicke vor; ich fühlte mich wieder wie unter Menschen, und die Hitze des Unwillens in meinem Innern ließ nach. Und was war nun der Ernst und das Geschäft, welches die Kinderei ablösen und schwichtigen mußte? Die Kaffeemühle brachte sie ihm, und er mußte die Bohnen mahlen,

---

[10] Marcus Valerius Martialis (ca, 40–100), der bekannte witzige römische Epigrammatiker.

eine Arbeit, wie sie noch erzählte, die er sich nicht nehmen lasse, wenn er nur irgend Zeit habe.«

Es entstand eine große Pause, denn der Professor erwartete, daß sein Freund auf diese Erzählung, die er mit allen Zeichen des Abscheues vorgetragen hatte, etwas Bedeutendes, das dem wichtigen Gegenstande gezieme, antworten solle; der Doktor schwieg aber und biß die Lippen zusammen, weil es ihn große Anstrengung kostete, das Lachen zu unterdrücken. Sein Freund ging ein paar Male beobachtend an ihm vorüber, und da er nicht wußte, was er aus dem Gesichte und dessen seltsamen Falten heraus lesen sollte, setzte er sich wieder in großer Verstimmung nieder, seufzte schwer und fuhr nach einiger Zeit in tief bekümmertem Tone fort:»Wenn sich große, berühmte Gelehrte so aufführen, was soll man dann noch von den unwissenden Plebejern sagen? Der Mann ist mir seitdem gestorben, und ich fühle immer mehr, wie mit jedem Jahre mir Freuden verblühen und verwelken, wie ich gar nicht für die Welt tauge. In manchen Stunden überschleicht mich der Wunsch, daß ich nur erst gestorben sein möchte. O Freund! du verstehst vielleicht mein Wesen und meine Empfindung gar nicht. Wie ich so oft in mutigen Tagen hier unter meinen geliebten Büchern, im klaren Bewußtsein aller meiner Plane mich so wohl und selig fühlte, so sicher wie ein König in seinem Reiche, und ich mir einbildete, alle diese Gedanken, Autoren, Bemerkungen, Zeiten und Begebenheiten zu beherrschen und sie für Mit- und Nachwelt verständig zu ordnen, damit dem Wißbegierigen aus aller Fülle scheinbarer Verwirrung ein kluges Auge entgegenblicke, und er mir meine Mühe und den Eifer danke, – so befällt mich jetzt oft das Gefühl der trostlosesten Einsamkeit; dann will mein Geist wie ein Atom in das große Chaos, das ich meine Gelehrsamkeit nannte, zerrinnen, meine Wünsche, meine alte Freude vergeht wie Schnee vor der Mittagssonne, und alles unter ihm ist schwarz und finster.«

Der Doktor faßte herzlich die Hand und untersuchte dann den Puls seines Freundes.»Bin ich etwa krank?« fragte dieser.

»Nicht krank«, erwiderte der Arzt,»aber jenseit des Lebens und der Gesundheit, du bist Hypochonder und wirst es immer mehr werden und an diesem Übel verschmachten, wenn du nicht plötzlich, von heute zu morgen, eine gewaltsame Umänderung deiner

Lebensweise vornimmst. Und warum willst du, Eigensinniger, nicht heiraten, wie ich dir schon so oft zugemutet habe? Dein großes Vermögen kommt in fremde Hände, unter undankbare Menschen, du könntest einen Sohn haben, der dein Wissen wie deine Bücher von dir erbte, den du selbst unterrichtetest, der dir Ehre machte. Du kannst eine Frau, dich wird eine liebenswürdige Frau glücklich machen, die deinen Humor kennt und erheitert.«

Weinend und mit einer Heftigkeit, daß der Freund erschrak, umarmte ihn der Leidende. »Liebst du vielleicht?« rief der Doktor. –»Bewahre!« sagte der Gelehrte wieder ruhiger; »nein, ich freue mich nur deiner Freundschaft, und daß, wenn so etwas möglich sein soll, du auch die ganze Sache führen mußt, denn ich würde niemals den Mut haben, ein Frauenzimmer anzureden, auch kenne ich keine; dir traue ich aber zu, der du mich von Jugend auf kennst, dem so viele Menschen vorkommen, der mit allen leicht und sicher umzugehen weiß, daß du für mich das Richtige wählen und mein wahres Glück als Freund wollen und befördern wirst.«

Den Doktor überraschte diese unerwartete schnelle Zustimmung. »Laß uns nur über einige Hauptpunkte einig sein«, sagte er freudig, »so will ich gern alles übernehmen, um, wie ich fest überzeugt bin, dich glücklicher zu machen. Vor allen Dingen muß deine Braut und zukünftige Frau ganz das Gegenteil von dir selber sein, lustig, heiter, immer aufgeräumt, damit sie dich zerstreut und ermuntert; leichtsinnig in der guten Bedeutung, fröhlichen Angesichts und vergnüglich im Umgange. Und da kenne ich, weder hier in der Stadt, noch irgendwo sonst, ein Mädchen, das allen diesen Forderungen so sehr entspräche und dabei so schön, gesund, tüchtig und liebenswürdig wäre, als Antoinette hier im Hause, die älteste Tochter des Rates, deines Hauswirtes. Du kennst sie doch?«

»Nein«, sagte der Gelehrte, »ich habe sie nie gesehen, ich weiß nur vom Hörensagen, daß der Mann drei Töchter haben soll. Ich übergebe mich dir also ganz, mache mit mir, was du willst, nur richte es so ein, daß ich mich nicht zu schämen brauche, falls mich das Mädchen und der Vater ausschlagen sollten.«

Werner trat herein und meldete den Herrn Adrian. »Hat der Bursch«, sagte der Professor, »schon meine Ankunft erfahren?« – »Führe ihn nur schnell ab, den Windbeutel«, rief der Doktor, schon in der Thür,»oder laß ihn lieber gar nicht vor; er wird dir vorpinseln,[11] und es ist am besten, du sprichst ihn gar nicht.«

»Im Gegenteile«, rief der Professor,»er soll hereinkommen; Werner! setze dem Manne den Stuhl dorthin, und macht euch dann fort, du und der Doktor, denn ich habe mit dem jungen Manne etwas Wichtiges zu sprechen.«

Der Arzt ging, über den Eigensinn seines Freundes, der ihm auf der Reise sein Verhältnis zu Adrian und dessen Unbrauchbarkeit auseinandergesetzt hatte, verwundert.

Der Fremde, ein blonder Jüngling, trat mit der größten Verlegenheit herein. Auf einen höflichen Wink des Professors setzte er sich diesem gegenüber. Der Gelehrte sah ihn lange schweigend an und fragte endlich mit trockner Stimme:»Was ist zu Ihrem Befehle, junger Mann?«

»Ich komme«, erwiderte dieser mit verlegenem Stottern,»um der schrecklichen Lage, in welcher ich mich befinde, je eher, je lieber ein Ende zu machen und der Scham, der ich nicht ausweichen kann, Trotz zu bieten, um nur das Gefühl, das mich peinigt und demütigt, nicht länger walten zu lassen.«

»Und wie wollen Sie das anfangen?« fragte der Gelehrte.

»Mich von Ihnen beurlauben«, sagte Adrian,»und darum, sowie ich nur Ihren Wagen zur Stadt hereinfahren sah, ging ich mit schlagendem Herzen auf einem Umwege zu Ihnen.«

»Es ist mir lieb«, erwiderte der Professor,»ich hätte Sie sonst auf morgen früh zu mir beschieden. Sie halten es für keine Härte, Herr Kollaborator,[12] wenn ich Ihnen sage, daß Sie der Stelle durchaus nicht gewachsen sind, für welche Sie sich gemeldet haben, denn Sie wissen es selbst und sind dessen auch eingeständig.«

»Erlauben Sie mir«, sagte der junge Mann etwas heftig,»daß ich Sie unterbreche und mein eigener Ankläger werde, um ein Gespräch so schnell wie möglich zu endigen, das, wie Sie wohl einsehen, mich nur erniedrigen kann. Ich glaubte nicht, ganz aufrichtig

---

[11] Vorklagen, vorjammern.

[12] Mitarbeiter, früher üblicher Titel für Hilfslehrer an Gymnasien.

gesprochen, daß man an der hiesigen Schule diese Ansprüche an so strenge Gelehrsamkeit machen würde; ich bildete mir ein, es möchte hier so zugehen wie an so vielen Orten, wo der Schein die Wirklichkeit vertreten muß. Ich habe meine Universitätsjahre versäumt, mich meiner Einbildung nach mehr mit Philosophie und schönen Wissenschaften beschäftigt. Meine früheren Lehrer waren Schüler Basedows,[13] und durch eigene, sogenannte philanthropische Erziehung lernte ich als Knabe schon den Müßiggang als ein Geschäft treiben. So meinte ich denn, hier mit etwas Ästhetik, Unterricht im deutschen Stile, vielleicht in der Historie und dem Erklären einiger leichten Lateiner und Griechen durchzukommen, wohl selbst noch indes das mir Fehlende nachzulernen und so eine Versorgung und Sicherheit für die Zukunft gefunden zu haben. Doch habe ich gesehen, daß in den ersten Klassen, in welchen ich ebenfalls lehren soll, die Schüler weiter sind als ich selbst und daß ich dasjenige, was Sie, verehrter Mann, von mir fordern, auf keine Weise leisten kann.«

»Wir haben uns also beiderseits mißverstanden«, sagte der Professor.

»Leider«, erwiderte der Fremde, und wollte sich entfernen.

»Bleiben Sie noch«, bat der Gelehrte, »Unser Konrektor, ein trefflicher Mann, wie Sie wissen, hat seiner Krankheit wegen auf drei Jahre die Schule verlassen müssen; er hat es möglich gemacht, nach Italien zu gehen, um selbst den hülflosen Zustand für seine Gelehrsamkeit zu nutzen. Der Subrektor[14] sollte seine Stelle und Sie diejenige des Subrektors vertreten. Ich hatte es gut mit Ihnen vor, denn da ich, wenn der Kranke zurückkommt, oder wohl noch früher, ihm oder einem andern meine Stelle als Direktor übergeben wollte, so hoffte ich, daß Sie einrücken und sich hier fixieren würden. Dies ist nun alles anders geworden, Sie haben sich freiwillig zurückgezogen, und ein anderer Kollaborator, den ich in der Residenz selbst examiniert habe, trifft schon übermorgen ein.«

---

[13] Johann Bernhard Basedow (1723–90), der bekannte Pädagog, Begründer der sogenannten Philanthropine, d. h. Anstalten, in denen die Schüler auf möglichst mühelose, spielende Weise zu Weltbürgern erzogen werden sollten.

[14] Unterleiter, früher Titel des dem Konrektor zunächst folgenden Oberlehrers an einem Gymnasium.

»So ist es«, sagte der Jüngling, stand auf und verbeugte sich. »Ich beurlaube mich von Ihnen, beschämt zwar, aber doch mit der Beruhigung, daß ich zuerst meine Unfähigkeit eingesehen und gestanden habe.«

»Wohin?« rief der Professor etwas ungestüm, »wir sind noch nicht miteinander fertig.«

»Was können Sie mir noch zu befehlen haben?« sagte Adrian, halb verlegen und halb empfindlich.

»Ihr Empfehlungsschreiben«, fuhr der Professor ganz ruhig fort, »war eins von denen, deren es viele gibt, die nicht kalt, nicht warm sind; ich las es erst nachher, als es zu spät war, mit Bedacht; ich hätte mich nicht so übereilen, ich hätte Sie ebenfalls selbst examinieren sollen.«

»Da es nun nicht geschehen ist«, sagte Adrian in der höchsten Ungeduld, »so werden Sie mir jetzt erlauben –«

»So geben Sie sich doch etwas Ruhe, junger Mann«, sprach der Gelehrte, »da Sie doch gewiß mehr Zeit übrighaben als ich, denn wir sind mit dieser bloßen Auseinandersetzung keineswegs zu Ende.«

»Was kann noch –«, unterbrach Adrian.

»Ein Mann, ein Wort!« rief der Professor aus; »ein Wort, ein Mann! Sie können und brauchen mir nicht zu halten, was Sie mir eigentlich gar nicht einmal versprochen haben; aber ich muß, weil ich es kann, mein Versprechen halten, und wenn ich arm und dürftig wäre, so würde ich eher zu den verzweifeltsten Mitteln greifen, als mein gegebenes Wort brechen. Man lobt Sie und Ihre Sitten, Sie unterstützen eine Mutter und Schwester, Sie haben die Hofmeisterstelle aufgegeben, und ich habe Ihnen jährliches Gehalt von fünfhundert Thalern auf drei Jahre zugesagt. Nehmen Sie hier (indem er eine Schieblade öffnete) für das erste Jahr; das zweite und dritte, selbst wenn ich sterben sollte, wird Ihnen ebenfalls gewiß ausgezahlt werden, der neue Kollaborator erhält dieselbe Summe aus der Schulkasse, Sie aus der meinigen.«

Adrian sah ihn lange an, verstummt, dann mit nassen Augen. »Edler Mann«, rief er – »wie soll ich Ihnen danken? –«

»Sie haben mir nichts zu danken«, antwortete der Rektor, »denn wie gesagt: ein Mann ein Wort! Ich muß mein Versprechen halten. Wissen Sie aber, was ich mir im stillen einbilde, indem ich Ihr verständiges Antlitz betrachte, und wie Sie mir danken können? Daß Sie diese drei Jahre anwenden, nachholen, fleißig sind, um nachher doch den Posten einnehmen zu können, den ich Ihnen zugedacht hatte.«

»Gewiß«, rief Adrian, faßte die Hand des Professors in tiefer Rührung und wollte sie küssen, welches der Gelehrte aber nicht zuließ, sondern ihn umarmte, indem er sagte: »Ich thue bloß meine Schuldigkeit, – aber studieren Sie hübsch, und wir wollen nachher Freunde sein.«

Mit den reinen Gefühlen einer edlen Dankbarkeit entfernte sich der junge Mann.

Der Doktor, als Freund des Hauses, hatte sich klug benommen und dem Rate erst nur von fern die Möglichkeit gezeigt, seinen wohlhabenden Mietmann zum Schwiegersohne zu erhalten; er hatte diesen Vorschlag anfangs nur als einen Gedanken, den er, unwissend dem Professor[15] für sich selbst hege, mitgeteilt, und als der Vater und Antoinette ebenfalls den Vorschlag nicht so unbedingt abwiesen, war er näher geschritten, und nach einigen Tagen des Ratschlagens, Überlegens und Hin- und Hersprechens ward beschlossen, daß das Geheimnis nicht mehr als solches behandelt, sondern eine öffentliche Sache werden sollte.

Der Professor ward nun von seinem nahen Glücke und veränderten Leben benachrichtigt, und in seiner Verwirrung wußte er nicht, ob er sich freuen oder betrüben solle, indessen war die Ängstlichkeit, so sehr ihm sein Freund auch Mut einsprechen mochte, die herrschende Stimmung seines Gemütes.

Er machte es nun seinen beiden Hausgenossen, Werner und Gertrud, bekannt, welche Veränderung binnen kurzem der Familie bevorstehe, und daß Antoinette binnen wenigen Wochen ihre Gebieterin sein würde. Die beiden, die sich ebenfalls seit so langer Zeit an die stillste Einsamkeit gewöhnt hatten, wollten anfangs ihren Ohren nicht trauen, sie sahen sich und den Professor lange verstummt an und zogen sich endlich, da sie merkten, wie verlegen ihr Herr war und immer mehr wurde, selbst höchst verlegen in ihr Hinterstübchen zurück.

»Fühlen Sie einmal, Gertrud«, sagte der verdrüßliche Werner, »ob Sie in meinem Pulse kein Fieber verspüren. Ei, so muß ein solches Unglück, ein solches Gewitter einschlagen und unser stilles Hauswesen in Grund und Boden donnern. Des Himmels Einfall, ja den Untergang der ganzen Stadt hätte ich mir eher als dies Unheil vermutet.«

»Man weiß nicht«, sagte Gertrud, »ob man weinen oder lachen soll, denn der Gedanke, die Begebenheit, alles hat so was Fürchterliches und doch dabei Albernes, daß man alle Fassung verliert.«

»Fluchen muß man«, rief Werner aus, »was ich in den siebzehn Jahren, die ich bei dem Herrn bin, nicht gethan und vielleicht ganz

---

[15] Ohne Wissen des Professors.

verlernt habe, Donnerwetter noch einmal! das ist ja eine erbärmliche und recht leutselige[16] Geschichte. Himmel – Mord – nein, sehen Sie, Frau – ich kann's nicht mehr, denn die Stille, Sanftheit, Ruhe hier im Hause hat mir in der langen Zeit das Maul ordentlich eingetrocknet. Die älteste, wilde Tochter unten! Mit dem Flitter- und Flatterwesen!

Nun, gewiß, da wird die Treppe hier, die wir sonst, wie die heilige in Rom, nach den Erzählungen, fast ohne Schuhe und nur auf den Knieen haben auf und nieder rutschen dürfen, bald abgenutzt werden. O, welch Spektakel und Kreuzlamento wird in unsere zugehangenen Zellen einkehren! Mit Trompeten und Paukengewirbel. O Jammer und Elend! Als ich in Dienst trat, durfte ich keine Flöte mehr blasen, ich habe mir das Pfeifen abgewöhnen müssen, worin ich auch ein Virtuose war, nun habe ich mich, bei meiner großen Passion für die Musik, mit einem Brummeisen[17] so still hin begnügt, womit mir die Zähne vorn ganz verdorben sind.«

»Sie spielen aber das kleine Instrument schön und mit Ausdruck«, fiel ihm Gertrud in die Rede. »Nun also wird hier gekocht, gesiedet und gebraten werden; und ich habe nie einen Bratspieß, eine Pfanne anrühren dürfen; alle meine Geschicklichkeit als Köchin, mit der ich mich in meiner Jugend allenthalben zeigen konnte, ist vergessen und vernachlässigt. Habe ich uns beiden und dem Herrn auf dem eigenen Herde doch kaum den Kaffee kochen dürfen.«

»Ist der Mann«, fing Werner wieder an, »nicht vielleicht geradezu übergeschnappt? Wenn er sich nur nicht den kompletten Raptus aus seinen vielen Büchern herausgelesen. Und immer neue dazu kaufen! Schriften, von denen ich doch auch nicht ein einziges Wort verstehe.«

»Nein! nein!« sagte die Haushälterin in großem Eifer; »der aufgeklärte Herr Doktor ist es, der so alles zusammenkartet. Andere Kranke, wenn die Herren Ärzte nichts mehr wissen, werden in die

---

[16] Artige, nette.

[17] Auch Maultrommel (crembalum) genannt; noch heute bei slawischen Völkern beliebtes kleines, an die Zähne gehaltenes Musikinstrument mit stählerner Zunge, die, mit dem Finger geschnellt, je nach der Mundöffnung verschiedene leise Töne von sich gibt. Unter den Virtuosen auf der Maultrommel ist z.B. der Dichter Justinus Kerner zu nennen

Bäder geschickt, wo sie dann sterben mögen; so manche Gemüts-
kranke kommen in die Irrenhäuser, aber dieser Freigeist jagt unsern
Herrn in die Heirat hinein, mag er sich auch den Hals abstürzen.«

»Kuriose Kuren!« rief Werner aus; »sollte er aber einmal daran
glauben müssen, war keine andere Rettung, so waren Sie ja denn
doch, liebste Gertrud, das nächste Hausmittelchen.«

»Ach, gehen Sie!« sagte Gertrud verschämt; »ich bin zu alt zum
Heiraten. Nein, wenn er denn einmal aufs Eis wollte, so war ja das
liebe, stille Helenchen unten in der tollen Familie, die hätte denn
doch wohl ganz anders für ihn gepaßt als der hoffärtige Ruschel.
Die hätte ihn und alle seine Thorheit auch auf Händen getragen,
denn sie hat eine Hochachtung, einen wahren Aberglauben vor
seiner erschrecklichen Gelehrsamkeit, daß das arme verlassene
Kindchen mit ihm gewiß recht glücklich gewesen wäre.«

»Es hat nicht sein sollen«, brummte Werner verdrüßlich, »das
Vernünftige geschieht ja niemals in der Welt. Deswegen eben
scheint es wohl die Vernunft zu sein, um apart für sich zu bestehen
und von allen Leuten gerühmt zu werden, weil kein Mensch sich
mit der Sache einläßt. Sie soll eben nicht alltäglich und abgetragen
werden. Ach Himmel! vor Verzweiflung möcht' ich Ach und Weh
schreien und die große Treppe auf und ab heulen! Werte Gertrud,
Sie werden sehen, ich thue in der Desperation ein Ding, das – ja,
Freundin, ich werde ein Exempel statuieren, daß der Herr die Augen sperrangelweit aufreißen und die ganze Stadt sich darüber
verwundern soll, denn nun ist es mit meiner christlichen Geduld
völlig zu Ende.«

»Um Gotteswillen«, sagte Gertrud und faßte ihn besorgt in ihre
Arme; »Sie werden sich doch kein Leides anthun? Leben ist am
Ende doch immer Leben; wir finden uns wohl noch in die Sache.«

»Nein!« schrie der Zornige außer sich; »und Sie müssen mir bei-
stehen, Gertrud! Wir müssen unsere Revanche nehmen! Sind Sie
denn nicht auch bitterböse? –«

»Das nun wohl gewissermaßen«, sagte sie –

»Also denn«, fuhr Werner fort, »thun wir dazu, beißen wir die
Zähne zusammen, zeigen wir, daß wir auch handeln können! Eingeschlagen, Kind!«

»Nur uns nicht umbringen«, seufzte Gertrud; »alles andere vielleicht.«

»Umbringen?« rief der Empörte; »konträr das Gegenteil! Heiraten wir uns, liebe Freundin, damit wir Kinder in die Welt setzen, die ihm brav die Ohren voll schreien sollen.«

Die Haushälterin trat einen Schritt zurück, und eine Röte ging über ihr blasses, feines Gesicht. »Bester Herr Werner«, sagte sie dann beschämt, »wenn das des Himmels Wille mit uns wäre, so hätten wir wohl einige Jahre früher dazu thun können.«

»Gewiß«, erwiderte jener, »aber mir ist bis daher der Gedanke noch gar nicht eingefallen. Bin ich Ihnen zu alt? Zu häßlich? Widerwärtig? Unmoralisch?«

»Von allem, lieber Mann, das Gegenteil«, antwortete sie mit beschämter Freundlichkeit, »aber ich –«

»Still!« rief Werner; »ich habe Sie mit jedem Jahre liebenswürdiger gefunden; ich habe niemals die jungen unreifen oder wilden Dinger ausstehen können. Jugend ist nur allzu vergänglich, aber Sittsamkeit, Verstand, gutes Betragen, Sanftmut, Liebenswürdigkeit wächst mit den Jahren, und das eben habe ich an Ihnen so recht observieren können. Deshalb, dünkt mir, ist es gerade die rechte Zeit, daß wir uns gegenwärtig unsere Liebe erklären.«

»Ei! Sie freundlicher, lieber Werner«, erwiderte Gertrud; »wenn Sie nur auch immer so denken wollen, so bin ich ja herzlich gern die Ihrige und verspreche Ihnen Liebe und Treue mein lebelang und alles für Sie zu thun, was ich Ihnen nur an den Augen absehen kann.«

»Wissen Sie«, sagte schmunzelnd der Diener, »wie Sie mir vorkommen? Da draußen auf dem Hörsaale hängt ein Bildchen von einem recht hübschen holländischen Frauenzimmer. Das Bild ist in der See gewesen, verdorben und nachher Wohl etwas zu scharf abgeputzt worden, so daß nun die Farben zum Teil herunter sind und der stille, blasse Grund etwas sehr hervorgetreten ist. Das Bild kann unmöglich so schön gewesen sein, als es jetzt ist, denn es sieht so zart und rührend aus, daß ich meine Freude daran habe. Oder wie in der roten Stube die kranke Frau im Lehnstuhle, wo der Doktor das Glas besieht? Wissen Sie? von einem gewissen Retscher.[18] Wenn Sie Seidenzeug anhaben, müssen Sie gerade so aussehen.«

»Schalk! Sie!« sagte Gertrud, »die blasse Frau scheint ja guter Hoffnung.«

»Wir sind es beide«, rief Werner, »eingeschlagen! Und nun den ersten und zugleich den Brautkuß! Und von jetzt an Du und Du!« Sie umarmten sich zärtlich. Der Bund war geschlossen, und als sie die Sache ihrem Herrn vortrugen, gab dieser seinen redlichen und erprobten Dienstleuten gerne seine Einwilligung, und um so lieber, um nicht zu viele Fremde in sein Haus zu bekommen. So war alles im Hause in aufgeregter Stimmung, und der Professor sowie der Rat und seine Tochter, vorzüglich aber Antoinette und Helena, waren von den plötzlichen und so ganz unerwarteten Ereignissen tief erschüttert, indessen Werner und Gertrud mit großer Seelenruhe ihre Einrichtungen für die Zukunft trafen und der Doktor sich freute, daß sein Plan gelungen und das Glück seines Freundes für alle Zukunft, wie er glaubte, gesichert war.

In der Familie des Rates waren seit der Werbung alle Mitglieder in der größten Unruhe. Welche Plane für die Zukunft entwarf die lebhafte Antoinette! Es handelte sich um nichts Geringeres, als nach der Residenz zu ziehen, und zwar sobald als möglich, und dort an den glänzenden Gesellschaften und allen rauschenden Freuden teilzunehmen. Equipage, vielfache Bedienung, ein großes Haus fügten sich von selbst jenem Wunsche an. Jenny wollte die Schwester durchaus bereden, einen Rittersitz in einer romantischen Gegend zu kaufen, um dort als Edeldame zu glänzen. Der Vater neigte sich diesem Vorschlage zu, die Mutter mehr dem ersten Wunsche. An den Bräutigam selbst, dessen Amt und Beschäftigung, seine Bücher und Gewöhnungen wurde kaum gedacht, denn alle kamen darin überein, daß ein so simpler, ältlicher Herr, der die Welt nicht kenne und bisher fast wie eine Schnecke gelebt habe, leicht von einer jungen, lebhaften und weltklugen Frau zu regieren sei, und daß er sein Leben gänzlich aufgeben müsse, um das der Gattin möglich zu

---

[18] Kaspar Retscher (1639–84), Kleinleben- und Konversationsmaler. Das Original des hier gemeinten Bildes »Die kranke Dame und der Arzt« auf der Dresdener Galerie.

machen, die sich ihm aufgeopfert und allen ihren großen Ansprüchen und glänzenden Aussichten um seinetwillen entsagt habe.

In einem ganz andern Sinne hatte Helena die Nachricht der bevorstehenden Veränderung aufgenommen. Sie war tief gekränkt und machte sich doch Vorwürfe darüber, daß sie es war. Wollte der Professor mit einer Gattin das Glück des Lebens suchen, so schien es ihr, als sei sie die nächste, ja einzige, von der er es erwarten könne; erinnerte sie sich dann, daß sie ihm nicht bekannt sei, so entschuldigte sie ihn wieder. Das schmerzlichste war ihr, daß sie erst jetzt deutlich empfand, ihr sonderbares Gefühl für ihn sei Liebe; wie selig sie sein würde, wenn seine Wahl sie getroffen hätte, und wie die ältere Schwester eigentlich nichts opferte und verlöre, wenn ein Umtausch stattfinden könnte. In einsamen Stunden der schlaflosen Nächte weinte sie recht von Herzen und zürnte alsdann wohl dem weltklugen Doktor, der mit dem besten Willen seinen edlen Freund gewiß unglücklich machen würde. So oft in ihrer Familie über den Mann, welchen sie verehrte, gespottet wurde, oder wenn von jenen weit aussehenden Planen die Rede war, fühlte sie sich krank und wie vernichtet. Widersprechen, raten wollte und konnte sie nicht, sie zog sich daher noch bestimmter von ihrer Familie zurück, und es war nicht zu verkennen, wenn man sie näher beobachtet hätte, daß sie leidend und krank aussah.

»Aus diesen Gefühlen, die mich jetzt peinigen«, sagte sie in einer Nacht zu sich selbst, »erwächst wohl nach und nach jene Bitterkeit, jenes gehässige Wesen, der schneidende, abschreckende Ton, die Unfreundlichkeit gegen jedermann, den man so oft den altern Unvermählten meines Geschlechts vorwirft. Sich verkannt, zurückgesetzt zu sehen, und immerdar, und zwar von solchen, die nicht höher stehen als wir, macht freilich scharfe Laune: das Auge mustert und erkennt die Schwäche jener und aller Menschen dann so viel genauer, und bei zu naher Prüfung geht das Gute der Menschen wohl mit in ihre Fehler auf, denn wenn der Blick zu nahe am Gegenstande ruht, sieht man ohne Perspektive eben gar nichts. Und wehe dem Herzen, das sich an Haß und Verachtung sättigen und genügen will! Die traurige Speise wird bald den Ekel gegen uns selbst erregen. Dann will der arme Gefangene wohl in Verschmähung und Hochmut seinen Triumph feiern –

Erst ein Verachteter,
Nun ein Verächter,
Zehrt er auf seinen eigenen Wert
In ungenügender Selbstsucht.

19

»O wie wahr! Aber so soll es mit mir nicht werden! Wenn die
Menschen mich auch verstoßen, will ich sie dennoch lieben. Und
krank muß ich nun einmal gar nicht werden, denn es ahndet mir,
daß Antoinette und der Professor meine Hülfe noch oft brauchen
werden. Ja, das soll meine thätige Liebe für ihn sein, daß ich ihm
tröstend und ratend zur Seite stehe, daß ich alle Sorgen, soviel ich
kann, von ihm entferne. Und braucht er denn auch zu wissen, was
ich für ihn empfinde? Das gegenseitige Vertrauen edler Menschen
ist ja auch etwas Schönes.«

So getröstet und völlig beruhigt, wie sie meinte, schlief sie gesund
und fröhlich ein und stand frischer und mit neuer Kraft am Morgen
des Tages auf, an welchem die Verlobung der Schwester mit dem
Gelehrten vor sich gehen sollte.

Dieser war in der grüßten Unruhe und Angst, weil er sich den
Moment, in welchem er in der ihm so unbekannten Familie als Freier stände und spräche, noch gar nicht als wirklich vorstellen konnte.
Der Doktor hatte zwar schon alles in Nichtigkeit gebracht, indessen
war doch sein persönliches Hinzutreten, sein ausgesprochenes Wort
immer noch das Wichtigste und Notwendigste. Er ließ den Gold-
schmied zu sich kommen, um die Trauringe und einen schönen
Schmuck für die Braut zu kaufen. »Nun bist du endlich«, sagte der
Arzt zu ihm, indem er ihn umarmte, »mit allen Vorbereitungen
fertig, ich gehe jetzt, wie wir es verabredet haben, nach Hause und
erscheine erst zum Mittagessen unten in der Familie wieder, damit
meine Gegenwart dich nicht noch außer den übrigen ängstigt. Un-

---

19 Aus dem Gedächtnis citiert. In Goethes »Harzreise im Winter« (1777) heißt es
»Erst verachtet,
Nun ein Verächter,
Zehrt er heimlich auf S
einen eignen Wert
In ung'nügender Selbstsucht.«

ten ist die Einrichtung seit Jahren, daß nach der Reihe eine der Mädchen wöchentlich die Küche besorgt, in dieser Woche ist die älteste, deine Antoinette, die Köchin, du kannst also bei Tische sogleich deine Bemerkung machen, inwiefern du mit der Speisemanier deiner künftigen Ernährerin zufrieden bist. Nur mutig und nicht das verständige Haupt so gesenkt!« Er verließ ihn, und der Professor blieb nachdenkend zurück.

Unten war alles geputzt, das Zimmer geschmückt, Blumen in den Fenstern und auf den Tischen. Vater, Mutter und Töchter in Unruhe und Bewegung. Nur Helena war still und in sich gekehrt, so sehr sie sich auch zu ermuntern strebte. »Da Antoinette sich heute, wie billig«, sagte die Mutter, »so geputzt und ihre besten Sachen angezogen hat, du aber, Lenchen, noch dein alltägliches Kleid trägst, so ist es Wohl besser und natürlicher, du besorgst heute die Küche. Beim Nachtische kannst du ja etwas umgekleidet zur Gesellschaft kommen.«

Ohne ein Wort zu erwidern, entfernte sich Helena, froh darüber, daß sie wenigstens in dem Augenblicke der Anwerbung und des ersten Eintrittes des verehrten Mannes nicht zugegen zu sein brauchte. Indessen man nun mit Herzklopfen diesen großen Moment erwartete, stieg der Professor behutsam und leise, mit beklemmtem Atem und zitternd die große Treppe herunter, indem er sich wie erschöpft auf das Geländer stützte. So bewegt war selbst Helena nicht gewesen, als sie neulich dieselben Stiegen hinaufschritt, denn er fühlte es zu lebhaft und beängstigt, daß dieses die wichtigste Stunde seines Lebens sei. Als er vor der Thür des Zimmers stand und eben anklopfen wollte, zog er den Finger zurück, denn er fühlte sich einer Ohnmacht nahe; er hatte das Gefühl, als wenn jemand hinter ihm stehe, der seine Hand mit Heftigkeit zurückziehe. Er mußte noch vorher frische Luft schöpfen und sich von dem Schlage erholen, der ihm durch alle Glieder gefahren war. Er ging daher leise in den großen Hof, schaute in den reinen, blauen Himmel hinauf und lehnte sich, um sich zu sammeln, eine Minute an den alten Nußbaum. Der Duft der Blätter stärkte ihn, er lächelte über sich und seine Feigheit und kehrte ermutigt in das Haus zurück. Vor der Küchenthür empfand er den Duft der zubereiteten Speisen, er hörte drinnen den Bratenwender und das Geräusch der Kasserollen. Ihm fiel ein, daß seine unbekannte Braut heute die

Küche regiere, und wie von einer Eingebung begeistert, fand er sich so mutig, die Thür dreist zu öffnen, um sie in ihrem Gebiete, ohne Eltern und störende Umgebung, zu sehen und zu sprechen. Helena erschrak, sprang vom Feuer zurück, und rotglühend ging sie eilig auf ihn zu. Der Professor faßte sie ins Auge und lächelte wohlgefällig, denn im einfachen Hauskleide, mit der Küchenschürze und dem reinlichen, freundlichen Wesen erschien sie ihm sehr liebenswürdig. »Sie sind doch die Tochter vom Hause?« fragte er bewegt, indem er ihr die Hand reichte. –»Jawohl«, sagte Helena und verbeugte sich anmutig. –»So empfangen Sie denn hier, Teure, diesen Ring, der uns auf zeitlich und ewig verbinden soll.« Ohne Antwort zu erwarten, fühlte Helena, wie der Ring schon ihrem Finger angeheftet war; sie konnte keine Worte finden, sondern ein Thränenstrom brach aus ihrem gerührten Herzen, sie mußte sich an den Geliebten festhalten, um nicht vor ihm auf die Knie zu sinken, aber niedergebeugt küßte sie seine Hand, auf welche eine ihrer heißen Thränen fiel. »Nicht also! nicht also!« sagte der Professor; »macht Sie mein Ring unglücklich?« –»Höchst glücklich, selig!« stammelte Helena und konnte immer noch keine Worte finden. –»Dann«, erwiderte der Geliebte, »nicht die Hand, sondern auf die Lippen den Bräutigamskuß.« Er umschloß sie und drückte seinen Mund herzlich auf den ihrigen. Magd und Bediente traten ein, er achtete aber nicht auf ihre verwunderten Gesichter, sondern ging fröhlich über den Flur in das Zimmer der Eltern, ohne vorher anzuklopfen.

Die Familie erstaunte, daß er so wenig verlegen schien, der Vater führte ihn zu Antoinetten und hoffte, daß nun der Antrag geschehen solle. Jenny war in gespannter Erwartung, die Mutter lauschte, und keiner konnte sich in das Wesen des Eidams finden, der fest und sicher dastand, bewegt schien, aber in allen seinen Gesprächen nicht auf den Gegenstand einlenkte, der allen jetzt der wichtigste sein mußte. Man setzte sich endlich, und der erstaunte Vater sagte mit einiger Verwirrung: »Nach demjenigen, was wir mit dem Herrn Doktor abgemacht hatten, mußte ich voraussetzen, verehrter Herr, den ich bald mit einem teurern Namen begrüßen werde, daß Sie uns eine Erklärung geben würden, die zur Verlobung mit meiner Tochter führte.«

»Wäre die Treffliche zugegen«, antwortete der Gelehrte, »so würde ich meinen Antrag wiederholen; die Verlobung selbst ist aber schon geschehen, und ich muß bitten, meine Braut aus der Küche herüberzurufen, um im Beisein der Eltern mein Wort noch einmal anzubringen.«

»Wie?« riefen alle zugleich im höchsten Erstaunen. Das Mißverständnis klärte sich nach einigen Fragen und Erörterungen auf. Antoinette machte eine einfältige Miene, die eigentlich spöttisch aussehen sollte. Die Mutter war außer sich; der Vater nur verlegen, aber nicht verstimmt. Als die Mutter vorschlug, den Mißverstand als nicht eingetreten anzusehen und den Ring von Helenens Finger an den der älteren Tochter zu fügen, sagte der Professor wie in einem erhabenen Zorneifer: »Nein, verehrteste Frau Rätin und Schwiegermutter, dieses um die ganze Welt nicht! Ein Wort, ein Mann! Und zwar ein solches heiliges Wort! Durch meine Anfrage und durch den Verlobungskuß, welchen ich meiner Braut gegeben habe, sind wir unauflöslich verbunden, und da es so gekommen ist, sehe ich in dieser Begebenheit auch keinen Irrtum oder eine Übereilung, sondern eine Fügung und den ausdrücklichen Willen des Himmels, der immerdar noch die wirklichen guten Ehen schließt und segnet. – Aber«, fuhr er milder fort, »leid thut es mir, daß dergleichen sich zugetragen hat, und meine schöne, geschmückte Schwägerin verweigere mir die kleine Freude nicht, ihr beikommenden Schmuck als ein Andenken einzuhändigen, der freilich auch eigentlich meiner Braut bestimmt war. Diese Juwelen geziemen aber weit mehr einer solchen ausbündigen Schönheit, die so herrlich und zierlich vor mir glänzt, als jenem einfachen, stillen Gesichtchen in der reinlichen Haustracht, einer Kleidung, die mir auch als Braut und Frau eines Professors weit ziemlicher erscheint.«

Nach einigem Weigern mußte Antoinette die kostbaren Ohrgehänge und Armspangen annehmen, sowie den Halsschmuck von großen, echten Perlen. Dieses Geschenk, welches die Kennerin Antoinette mit sicherem Blicke auf einige tausend Thaler geschätzt hatte, versetzte sie sogleich in den heitersten Humor, und die Eltern wurden ebenfalls munterer, da sie ihren Schwiegersohn, so sehr sie ihn geachtet, doch nicht für so reich gehalten hatten, als dieses Geschenk, auf welches er so wenigen Wert legte, vermuten ließ. Nun mußte auf dringendes Bitten des Bräutigams die Braut ganz so, wie sie war, aus der Küche zur Gesellschaft kommen. Ohne irgend verlegen zu sein, empfing die Ungeschmückte die Glückwünsche ihrer

Familie, denn ihre Freude und Rührung war so groß, daß sie in dieser Stimmung weit über Kleinigkeiten sich erhaben fühlte und kaum Antoinettens kostbaren Schmuck betrachten, viel weniger aber auf die Entschuldigungen hören konnte, die ihr Bräutigam ihr darüber machen wollte, daß sie ihn entbehren müsse. So fand der Doktor die Gesellschaft, und nachdem er sich verwundert, dann herzlich gelacht hatte, mußte er seinen Freund mit dem größten Erstaunen betrachten, der gar nicht verlegen schien, sondern sich leicht und sicher benahm und sich besonders mit Helena so vertraut und herzlich zeigte, als wenn er sie schon seit vielen Jahren gekannt hätte.

Bei Tische saßen Braut und Bräutigam beisammen, und er gab es auch nach aufgehobener Tafel nicht zu, daß sie ihren Anzug wechselte, denn er versicherte, daß dieser Anblick, diese reinliche Kleidung, das häusliche Mützchen ihn in der Küche so entzückt hätten, daß er sich für heute diesen Genuß und die Erinnerung ihrer Verlegenheit und Rührung nicht wolle rauben lassen.

Nach Tische begab man sich in den Garten hinter dem Hause und suchte bei der Sommerwärme die Kühle. Der Doktor hatte die beiden Verlobten sowie die Familie des Rates aufmerksam beobachtet, und er war jetzt überzeugt, daß Zufall oder Schicksal seinen eigenwilligen und übereilten Plan sehr geschickt und mit Weisheit verbessert hatte, denn er sah, wie Helena nur von den Blicken ihres Bräutigams lebte, wie herzlich er ihr zugethan war und durch sein Gefühl ihren einfachen, edlen Charakter ganz verstand, wie Antoinette im Gegenteile über den Gewinn des Schmuckes so leicht den Verlust des Ehegatten verschmerzt hatte, ja, wie sie sogar fast höhnisch in das Geflüster Jennys beifällig eingestimmt, die, das leise Gehör des Doktors nicht kennend, ihr zugeraunt hatte, sie habe rein gewonnen, einen fatalen Mann los zu sein und Diamanten erbeutet zu haben.

In der Laube saß er bei den Liebenden, die man jetzt wirklich so nennen konnte, indessen die übrigen auf und nieder gingen und nachher in die Zimmer zurückkehrten. »Was die Poeten Liebe nennen wollen«, fing der Professor an, »besonders die neuen und neuesten Dichter, darauf, mein Lenchen, werde ich niemals Ansprüche machen, aber auf Wohlwollen, herzliche Freundschaft, verdiente

Achtung und Nachsicht mit meinen Launen; du bist jung, schön, artig und anmutig, da ist es freilich ganz etwas anderes, und ich glaube, daß, wenn ich erst diese Tage der Erschütterung überstanden habe, ich mich in dich, in der Ehe gewiß, sterblich verlieben werde. Denn wie konnte ich nur den Gedanken fassen, noch in meinen ältlichen Jahren ein so herrliches Kind davonzutragen?«

Er drückte ihr herzlich die Hand, und Helena war unschlüssig, was sie sagen sollte; so, verlegen und ungewiß lüftete sie ihr Tuch, das ihr bei der Hitze lästig war, und ohne daß sie es bemerkte, fiel ein Blatt aus dem Busen vor ihre Füße nieder. »Ist es möglich?« rief der Professor, der es schnell aufhob; »Lenchen, wie kommst du zu meiner Notiz über Quintilian, die ich damals vermißte, als ich von meiner Reise zurückkehrte?«

Hochrot vor Freude und Scham mußte das glückliche Mädchen alles beichten, die Entdeckungsreise zu seinen Zimmern hinauf, ihr Mustern der Bücher, ihre Freude, in seinem Sessel, an seinem Arbeitstische zu sitzen, und wie sie es nicht habe lassen können, von den unnützen Papieren aus dem Korbe ein Blatt von seiner Hand zum Andenken mitzunehmen, das sie seitdem immer in ihrem Busen getragen habe. »Sie können nicht glauben«, schloß sie ihren Bericht, »wie lieb mir seitdem der Name Quintilian geworden ist, von dem ich freilich nur das Wenige weiß, was ich seitdem von ihm durch Nachschlagen in andern Büchern erfahren habe.«

»Hat der Grammatikus«, erwiderte der Professor lächelnd, »wohl eine so schöne Lagerstätte verdient? Lenchen«, rief er aus, indem er ihr zum ersten Male die Hand küßte, was sie nur ungern geschehen ließ, »wie bin ich Blinder denn meinem Glücke und meiner Wonne so nahe gewesen, ohne nur etwas davon zu ahnden? So sind blinde Heiden in Peru ehemals über Goldminen dahingewandelt, ohne von ihnen zu wissen, wie ich so lange über deinem Haupte. Was ist es nur, Kindchen, daß du mich hast lieben können, wie du nur jetzt gestanden, ohne daß ich dich jemals sah und kannte?«

Er wurde nachdenkend, dann gab er dem Freunde die Hand und sagte mit einer Thräne im Auge: »Der Himmel ist gütiger gegen mich, als ich es verdiene: das größte Geheimnis in aller Schöpfung ist die Liebe und vielleicht der Schlüssel zu allen Geheimnissen. O du treue, nicht griechische Helena, wie soll mein ganzes Leben und

Sinnen dahin streben, dir in etwas diese Liebe zu vergelten! Der Himmel wird uns segnen. Amen.«

Der Hochzeittag war festgesetzt. Wenige Tage vorher saßen die Verlobten mit dem Doktor wieder in jener Laube, und der Arzt freute sich darüber, daß sein Freund so wohl und gesund aussah. »Jawohl«, rief dieser, »hast du recht, und ich fühle mich wie um zwanzig Jahre verjüngt. O Freund Doktor, wie vielen Dank bin ich dir dafür schuldig, daß du mich zur Heirat beredet hast. Heute ist mir aber vor allen Dingen durch einen sonderbaren Traum ein Wohlsein zubereitet worden, wie ich es noch nie empfunden habe.«

»Durch einen Traum?« fragte Helena; »o erzähle, mein Geliebter!«

»Ich weiß nicht«, antwortete der Gelehrte, »ob ich mich deutlich genug werde ausdrücken können. Von je an waren mir Kupfer und Gemälde unendlich zuwider, die irgend etwas aus der römischen oder griechischen Geschichte darstellen oder uns die Götter der Mythologie vergegenwärtigen wollten. Nur Weniges ist den Neuern in dieser Art geglückt, und doch nur alsdann, wenn sie etwas anderes, etwas Modernes daraus gemacht haben. Kann man eine antike Statue einmal anschauen, einen Gott oder eine Gewandfigur, so ist das Auge auf lange satt, und man begreift alsdann nicht, warum neuere Künstler mit ihren Fetzen und Lappen Formen haben erzeugen wollen, die sie niemals sahen, und mit denen ihre Phantasie deshalb auch gar nicht umzugehen weiß. Von dem Xerxes in der Fibel an bis zum Codrus, Curtius und Alexander hinauf haben mir diese gespreizten Helden eine wahre Jammer-Empfindung erregt, wie es bei meinem Hange zur Hypochondrie nur gar zu leicht geschehen kann. Nicht besser erging es mir mit Schriften und Gedichten, die von andern oft sehr bewundert wurden: es ist ein nachgemachtes, nachgespieltes Leben in allen, fast wie von Marionetten, und man kann es auch dem lieben Anacharsis[20] nicht glauben, daß er damals gelebt und die griechischen Sachen selbst mit Augen gesehen hat. So war mir denn, die Klassiker ausgenommen, alles in

---

[20] »Reise des jungen Anacharsis in Griechenland«, ein 1788 erschienenes, anmutiges Werk des französischen Altertumsforschers Jean Jacques Barthélemy (1716 – 95), enthält in Form von Reiseberichten ein Gemälde des altgriechischen Landes und Lebens.

der Art fatal und traurig, und doch war es eine innige Sehnsucht, die mich quälte, nur auf einen Tag, auf eine Stunde nur, in der Zeit des Perikles oder Miltiades zu leben, um das damalige Athen und marathonische Gefilde mit Augen zu erschauen. So schlief ich ein, indem mich gestern abend dieser alte Gedanke wieder besuchte. Seltsam genug war ich drüben in Griechenland und auch in jene frühe Zeit hinübergerückt. Ich wußte es ganz bestimmt, daß ich in einer Vorzeit lebte, Jahrtausende vor jetzt, und doch war mir die Erinnerung an mein Selbst und die Gegenwart nicht entschwunden. So wunderlich spielt der Traum mit uns und lehrt uns deutlich, was die Dichter mit uns anfangen könnten, wenn sie ihr Handwerk recht aus dem Grunde verständen.

»Ein Nebel lag auf der Landschaft, der sich aber hob und dem Lichte Platz machte. Da befiel mich die Angst, daß die Natur wieder so wie gewöhnlich auf mich wirken möchte, und daß ich also wesentlich nichts von dem Mirakel haben würde, das mich so unbegreiflich in Raum und Zeit hinübergeschafft hatte. So wie sich das Licht ausbreitete, wurde meine Brust auch weiter, der Nebel zog wie Schiffe über das Meer, und wirkliche Schiffe fuhren vorüber, und die weißen Segel schimmerten blendend im Sonnenglanze. Ich stand Salamis gegenüber. Die See spielte mit gekräuselten Wellen, und alle Farben tanzten in der Flut empor und tauchten unter- und ineinander: vorn ein dunkles Blau, dann Grün, das immer lichter wallte, dazwischen Rot und Violett, Gold und Azur und in der Ferne weit, weit hinab ein zerflossener Perlenschimmer, der wie ein Lächeln weißer Zähnchen vom letzten Horizonte herübergrüßte, von Phöbus' Strahlen geküßt. So frei, wohl und erläutert war mir, daß ich dachte: so muß den marathonischen Streitern zu Mute gewesen sein, als sich der Sieg für sie zu erklären anfing. Nun war ich in Wald und Berg, oben steile Felsenmassen und ein musizierender Wind in den Buchen- und Eichenwipfeln: unten der rote Oleander und weiße Blütendolden, die duftend über den Weg herüberhingen. Das war Arkadien, so sagte mir ein unsichtbarer Geist. Mein Sinn wurde immer trunkener und erfrischter, die Waldluft entzückte mich, und die Nachtigallen, die bei einem Wasserfalle sangen, waren mir ganz wie eine neue Bekanntschaft. Die Wogen sprangen so lustig, wie fröhliche Kinder, den Berg herunter, und eine schneeweiße Wolke zog oben über den Berggipfel hinweg und schaute so naseweis auf mich und das Wasser und die Blumen herab, als wenn es da oben noch gemütlicher sein könne.

»Ich suchte ordentlich nach meiner ehemaligen Angst in der Natur. So kam um die Felsenecke ein weibliches Wesen im anmutigen dorischen Gewande. Wir grüßten uns. Ich betrachtete die Kleidung, die mir unendlich wohlgefiel, und begriff nun, warum die Abzeichnungen immer das Gegenteil gewirkt hatten. Wir gingen miteinander und wurden bald vertraut. ›Wie kommt es nur‹, fragte ich sie endlich, ›daß mir früher, so viel ich auch studierte, so sehr ich mich quälte, dieser Sinn sich nie aufthat, durch welchen jetzt, da er eröffnet ist, mein Glück so reichlich einströmt? Ich wußte so vieles, ich verband so manches, aber das Buch blieb Buch, und das Papier wollte sich nicht beleben.‹ – ›Du bist eben‹, antwortete mir die holde Jungfrau, ›zu fleißig gewesen: dein Sinnen und Dichten hat nur wie mit Heeresmacht die Lieblichkeit der Natur und ihr sanftes Eindringen von dir abgekämpft. Das Verständnis naht, kommt, leuchtet auf, durchdringt das Herz, wie im April die Sonne, wechselnd mit Dunkel, bis tief in den Wald auf Augenblicke hinabscheint, läßt sich aber nicht erzwingen. Bist du ruhiger, kennst du, genießest du deine Zeit mehr, so wird dir auch die Vorzeit in ihrer eigensten Bildung näher treten. Der Geist in allen Dingen ist kindlich, nicht kindisch, ihr aber grabt und beschwört nur zu oft nach Gespenstern. Die Anmut nicht nur, auch der Ernst scherzt gern. Was dich entzücken und auch auf die Dauer dich beglücken soll, muß dir ganz heimisch, altbekannt, vertraut wie Vater und Mutter, Gattin und Kind werden: es muß den Reisehut und die Sandalen des wandernden Fremdlings ablegen. So ist Natur dein eigenes Haus und Zimmer, dein Buch, dein Auge, dein Geist und in Liebe dir verständlich und nahe. Die Kraft, zu lieben, die Gesundheit, sich, das Leben, Freundschaft und Geist zu genießen und zu erwidern, ist der Zauber, der alles bezwingt. Grübeln, Angst, Zweifel sind Kinder des Todes und Geschwister des Elendes.‹ – Sowie das Mägdlein so sprach, ward mein Herz immer größer, sie gab mir die schöne, feine Hand, ich schaute ihr in das klare Auge, und der Blick, mit dem sie mich ansah, ward immer inniger. Da fiel es mir auf das Herz, daß du, Helena, dieselbe Jungfrau warst, daß du meine Braut bist und Gattin werden sollst, ein Entzücken fuhr wie ein Geist im Schauer durch meine ganze Seele, und ich erwachte in Freude und rief:»Ja! ich bin auch in Arkadien gewesen!«– –

Es waren drei Jahre verflossen. Manches hatte sich im Hause wie in der Stadt seitdem verändert. Gertrud und Werner waren glücklich verheiratet, doch bis jetzt ohne Kinder. Die Mutter Helenas war indes gestorben; Jenny hatte einen Gatten gefunden, mit welchem sie weit entfernt, in einer großen Stadt lebte. Der Rat, der manchen Verlust erlitten, hatte sein Haus dem Professor verkauft. Jener junge Gelehrte, Adrian, hatte die Wohlthätigkeit des edlen Mannes mit Eifer und Glück benutzt und war jetzt als ein brauchbarer Lehrer an der Schule angestellt, von der sich der Professor ganz zurückgezogen hatte. Antoinette war ernster und bescheidener geworden und glaubte nicht ihrer Würde oder Schönheit etwas zu vergeben, nachdem sie schon den Wert des jungen Adrian eingesehen hatte, sich mit diesem zu verloben.

Es war ein heiterer Herbsttag, als das ganze Haus in die größte Thätigkeit gesetzt war. Diener und Mägde eilten einander vorüber, alles trug, holte, befahl, schickte und ward verschickt. Gertrud seufzte und half, soviel sie vermochte, Werner war tiefsinnig, indem er bedachte, wie ein solcher Tag, eine solche Verwirrung und Lebhaftigkeit, ein solches Rufen und Antworten, eine Versammlung so vieler fremder Menschen in diesem Hause vor drei Jahren zu den größten Unmöglichkeiten gehört hätte. Er rief sich mit seiner Frau die alte Stille der Wohnung in das Gedächtnis zurück, und beide mußten über die Veränderung lächeln, um so mehr, als jetzt die ganze Schuljugend jauchzend und lärmend hereinbrach, die von dem freundlichen Professor eingeladen war, am Feste teilzunehmen. Die Thür des Hauses stand, wegen des vielfachen Aus- und Eingehens, offen, und das Getümmel schien jetzt den höchsten Grad erreicht zu haben, als der Doktor erschien, dem eine große Bande von Bergmusikanten mit Saiten- und Blasinstrumenten folgte. Sogleich ertönte die Musik, und die Schuljugend sowohl wie die jüngere Dienerschaft benutzten den großen Flur des Hauses, um sich freundlich die Hände zu reichen und sich in mannigfaltigen Tanzverschlingungen zu versuchen. Die kleineren Schüler, die im eigentlichen Ballette keinen Platz mehr fanden, hüpften mutwillig jubelnd und in die Hände klatschend die breiten Stufen der Treppe auf und nieder. Vor der Thür des Hauses versammelten sich viele Menschen, um den Anblick dieses lustigen Schauspieles zu genießen. Ein Wagen rasselte herbei, das Posthorn schmetterte, und die Peitsche klatschte; die Menge sprang in verschiedenen Gruppen auseinander, denn der Wagen fuhr gerade vor das Haus des Professors und hielt hier still. Ein Diener half einem nicht alten Manne aussteigen, jenem Gelehrten aus der Residenz, den der Professor vor drei Jahren besucht hatte; er kam jetzt mit Frau und Kindern, um bei seinem Freunde zu wohnen, seine häusliche Einrichtung zu sehen, seine Gattin kennen zu lernen und zugleich mit ihm das Tauffest seines ersten Kindes, eines Knaben, zu begehen. Als die Familie sich aus dem eng gepackten Wagen losgewickelt hatte, drangen die Eltern, von vier Kindern und zwei Dienern begleitet, in das überfüllte Haus. Der Fremde war verwundert, da er die Gemütsart seines Freundes zu kennen glaubte, über dies verwirrte mannigfaltige Getöse, welches die tobende Musik selbst nicht übertäuben, sondern nur in einem gewissen Takte erhalten konnte. Er war aber noch mehr erstaunt, als er jetzt aus der Küche den verehrten Gelehrten selbst hervordringen sah, mit einem großen Brette in den Händen, welches er kaum umklaftern konnte, und auf welchem ein mächtiger Pflaumenkuchen, mit Zucker weiß gepudert, prangte, den er mit eigenen Händen für die speiselustige Schuljugend in Portionen geschnitten hatte. Adrian, der Subrektor, folgte, ebenfalls Kuchen und Wein schleppend, welche für die Primaner und Sekundaner in einem obern Zimmer zubereitet wurden. Als der Professor seine Last abgelegt und den jauchzenden, dankenden Knaben preisgegeben hatte, umarmte er seinen Jugendfreund, der sich kaum erholen, noch seinen Augen trauen wollte. »Wie?« rief er aus, »in einer solchen Verfassung finde ich Sie, verehrter Herr Professor? Und wie jung, stark, blühend sehen Sie aus! Dabei so heiter, fröhlich, möchte ich doch sagen, übermütig.«—»Sein Sie«, antwortete der Professor, »einem wahrhaft glücklichen Manne herzlichst willkommen,«—

Die Jugend machte Raum auf der Treppe, um den Zug der Fremden, den der Hausherr anführte, durch- und hinaufzulassen. »Kommen Sie«, rief der Wirt, »geehrte Frau, und Sie, teurer Freund, mit den lieben Kindern, oben wird es doch irgendwo ein wenig ruhiger sein, daß wir vorerst ein paar Worte wechseln können. Ihr lieben jungen Schulkinder aber, laßt euch in eurer Lust nicht stören!«

Diese benutzten die Erlaubnis auch sogleich und jubelten hoch auf; ein Vivat von groß und klein, bis auf die Straße hinaus, erschallte, und die Musikanten, um den Hausherrn zu ehren, ließen die wütendste und tobendste Janitscharenmusik erschallen, worüber dieser freundlich und wohlwollend lächelte und nur um ein Geringes seinen Schritt beschleunigte, ein ruhiges Zimmer mit seinen Freunden zu finden.

»Sein Sie nicht ungehalten, Teuerster«, sagte er hier, »daß Sie heute eine solche Belagerung und Zerstörung Jerusalems in meinem Hause treffen. Die eigentliche Taufe des Knaben, der von Ihnen, meinem Schwiegervater und dem lieben Doktor hier die Namen führt, ist schon vor acht Tagen geschehen, weil man hierzulande der Meinung ist, ein guter Christ dürfe sein Kind nicht zu lange ungetauft lassen. Ich hatte aber meinem Schwiegervater, einigen Freunden und der Schule ein großes und lautes Fest versprochen, und in dieses reisen Sie nun gerade hinein. Indessen wird ja der Abend vorübergehen, in der Nacht ist zwar Ball, aber morgen sollen Sie Ruhe und Stille antreffen.«

»Mir ist dergleichen«, antwortete der Fremde, »nichts weniger als zuwider, nur ist wohl dabei, und meine jungen Mädchen werden glücklich sein, gleich auf einem Balle recht herumspringen zu können. Aber daß Sie so wohlgemut in dem Getümmel obenauf schwimmen, mit allen Segeln und Wimpeln flatternd, das muß mich billig in Erstaunen setzen,«

»Es ist ja leicht erklärlich«, antwortete der Professor, »wenn ich Ihnen sage, daß ich ein ganz glücklicher Mann bin, dem jetzt auf dieser Welt nichts fehlt, von solchen Freunden geliebt, wie Sie und mein Doktor sind, im Arme einer solchen Gattin, die mir alles ist, und durch welche ich jetzt der fröhlichste Vater geworden bin.«

»Was macht die liebe Frau, auf deren Bekanntschaft ich mich freue?« fragte der Fremde wieder.

»Sie ist, dem Himmel sei Dank, ganz wohl und hergestellt; da sie das Kind selbst nährt, zieht sie sich vom Getümmel etwas zurück und besorgt soeben jetzt die Korrekturen meines neuesten lateinischen Werkes. Doch kommen Sie hinüber, daß ich Sie vorstelle.«

Die Frau und die Töchter gingen mit dem Doktor zur Haushälterin Gertrud, um sich ein stilles Zimmer anweisen zu lassen, wo sie sich für das Fest und den Ball geziemlich umkleiden könnten. Helena ging dem Fremden freundlich entgegen, sie sah schön aus, nur etwas blaß. »Sein Sie mir«, rief der Gelehrte, »als eine Freundin begrüßt, die jetzt zu unserer Zunft gehört.«

Helena lächelte. »Ich bin sehr glücklich«, antwortete sie, »daß ich meinem geliebten Manne in seinen Arbeiten helfen kann, und daß der Sprachunterricht, den er mir selbst in seinen müßigen Stunden gab, nicht umsonst war. Wie mir zu Mute ist«, fuhr sie nach einigen Zwischenreden fort, »wenn ich so jetzt diese Bücherreihen der griechischen und römischen Autoren ansehe, die mir ehemals so fremde, stumme, wenn auch verehrliche Herren waren, und nun, wenn ich ein Wert aufschlage, ein lichter Blick, ein lächelndes Wort, ein tiefer Gedanke mir so befreundet entgegenleuchtet, kann ich nicht ausdrücken.« – Sie umarmte den Gatten mit Dankbarkeit und Freude. Der Fremde wollte ihr etwas Schmeichelndes über ihre Fähigkeiten sagen. »Nein!« rief sie aus, »glauben Sie nicht, daß ich eitel auf diesen errungenen Besitz bin: wie kann man es nur, wenn man so glücklich ist, das Verständnis zu finden? Daß Vergangenheit und Gegenwart sich mir klar verbinden, daß die vielfachen Gemüter und Gesinnungen so vieler großen Menschen jetzt mit mir freundlich reden können, daß das Gedicht aller Zeiten vor mir aufgeschlagen liegt, und ich mit Thränen und Lust der Begeisterung den edelsten Seelen zuhören darf und dadurch meine Seele immer mehr Seele wird, daß sich die dunkeln Flecken meines Geistes aufhellen und die armen stummen Kräfte in mir Atem und Rede gewinnen und wie Kinder, die erst lallen, dann stammeln, immer dreister zu jenem großen Geiste hinaufsprechen, dem wir uns so immer befreundeter fühlen, das ist mein Entzücken.«

»Schone dich«, rief der Mann, »du bist noch zu aufgereizt, auch die Korrektur hat dich angegriffen. Sowie die Schwalben kommen, wollen wir ausreisen, erst zu Ihnen und dann nach der Schweiz.«

Das Fest begann, und selbst der Professor tanzte mit seiner schönen Gattin eine züchtige Menuett, die jüngeren walzten und sprangen, und alles war glücklich, am meisten jedoch Helena, im Bewußtsein, diesem verehrten Manne anzugehören, und jetzt durch das neue Band, welches das liebe Kind um sie schlang, inniger als jemals.

## Über den Autor

Geboren am 31.5.1773 in Berlin als Sohn eines Seilers. Er studierte Theologie, Philosophie und Literatur. 1799 in Jena im Kreis der Frühromantiker. 1804/05 Aufenthalt in Italien. 1817 in England, Beschäftigung mitShakespeare. Seit 1825 Dramaturg des Hoftheaters Dresden. 1841 von Friedrich Wilhelm I nach Berlin gerufen. Tieck starb am 28.4.1853 in Berlin.

## Über tredition

### Eigenes Buch veröffentlichen

tredition wurde 2006 in Hamburg gegründet und hat seither mehrere tausend Buchtitel veröffentlicht. Autoren veröffentlichen in wenigen leichten Schritten gedruckte Bücher, e-Books und audio-Books. tredition hat das Ziel, die beste und fairste Veröffentlichungsmöglichkeit für Autoren zu bieten.

tredition wurde mit der Erkenntnis gegründet, dass nur etwa jedes 200. bei Verlagen eingereichte Manuskript veröffentlicht wird. Dabei hat jedes Buch seinen Markt, also seine Leser. tredition sorgt dafür, dass für jedes Buch die Leserschaft auch erreicht wird.

Im einzigartigen Literatur-Netzwerk von tredition bieten zahlreiche Literatur-Partner (das sind Lektoren, Übersetzer, Hörbuchsprecher und Illustratoren) ihre Dienstleistung an, um Manuskripte zu verbessern oder die Vielfalt zu erhöhen. Autoren vereinbaren direkt mit den Literatur-Partnern die Konditionen ihrer Zusammenarbeit und partizipieren gemeinsam am Erfolg des Buches.

Das gesamte Verlagsprogramm von tredition ist bei allen stationären Buchhandlungen und Online-Buchhändlern wie z. B. Amazon erhältlich. e-Books stehen bei den führenden Online-Portalen (z. B. iBookstore von Apple oder Kindle von Amazon) zum Verkauf.

Einfach leicht ein Buch veröffentlichen: **www.tredition.de**

# Eigene Buchreihe oder eigenen Verlag gründen

Seit 2009 bietet tredition sein Verlagskonzept auch als sogenanntes "White-Label" an. Das bedeutet, dass andere Unternehmen, Institutionen und Personen risikofrei und unkompliziert selbst zum Herausgeber von Büchern und Buchreihen unter eigener Marke werden können. tredition übernimmt dabei das komplette Herstellungs- und Distributionsrisiko.

Zahlreiche Zeitschriften-, Zeitungs- und Buchverlage, Universitäten, Forschungseinrichtungen u.v.m. nutzen diese Dienstleistung von tredition, um unter eigener Marke ohne Risiko Bücher zu verlegen.

Alle Informationen im Internet: **www.tredition.de/fuer-verlage**

tredition wurde mit mehreren Innovationspreisen ausgezeichnet, u. a. mit dem Webfuture Award und dem Innovationspreis der Buch Digitale.

tredition ist Mitglied im Börsenverein des Deutschen Buchhandels.

## Dieses Werk elektronisch lesen

Dieses Werk ist Teil der Gutenberg-DE Edition DVD. Diese enthält das komplette Archiv des Projekt Gutenberg-DE. Die DVD ist im Internet erhältlich auf **http://gutenbergshop.abc.de**

FSC
www.fsc.org
MIX
Papier | Fördert
gute Waldnutzung
FSC® C083411

Zeitfracht Medien GmbH
Ferdinand-Jühlke-Straße 7
99095 Erfurt, Deutschland
produktsicherheit@kolibri360.de